MCE
KRIMI

Das Buch

Aufruhr in Söderfleth, einem idyllischen Dorf in Norddeutschland. Eine skrupellose Windenergie-Firma plant einen riesigen Windpark direkt vor Söderfleth. Das Dorf ist gespalten. Die Mehrheit lehnt den Rotorenwald ab, eine Minderheit verspricht sich dadurch Profite. Eine Bürgerinitiative macht gegen den Windpark mobil, und bald geschehen merkwürdige Dinge. Die Scheune eines Bauern, der sein Land nicht für den Windpark zur Verfügung stellen will, brennt ab, der Alte kommt dabei um ein Haar ums Leben. Im Haus des BI-Initiators werden bei einer Razzia massenhaft Nazi-Insignien sichergestellt, und ein einflussreicher Fernsehmoderator macht höchstpersönlich Stimmung für die Windkraftindustrie. Und dann ist da noch ein mysteriöser Fremder, der jeden Schritt der Bürgerinitiativler belauert.
Der Hamburger Lektor Bernhard Hamm, der aufs platte Land gezogen ist, ist als Beobachter am Rande der Protagonist in dieser Krimikomödie. Gemeinsam mit der Autorin Clarissa Holst wird Hamm, der sich heftig in die attraktive Journalistin verliebt, in den Strudel der Ereignisse gezogen. Am Ende bleibt ihnen und den in die Defensive geratenen Windparkgegnern noch eine vermeintliche Wunderwaffe. Mit Hilfe des legendären „Verhinderungsvogels“ Wachtelkönig wollen sie das Windparkprojekt kippen...

Der Autor

Wolfgang Röhl, Jahrgang 1947, gehört von Berufs wegen zur schreibenden Zunft, doch als Romanautor debütiert der Journalist mit der vorliegenden Krimikomödie. Röhl, in Stade geboren und aufgewachsen, arbeitet seit 1980 als Autor für das Hamburger Magazin Stern. Zuvor war der Hamburger mit Reetdach-Bauernhaus im Nassen Dreieck zwischen Elbe und Oste als freier Publizist und Redakteur tätig.

IM NORDEN STÜRMISCHE WINDE

Die Handlung des Buches ist frei erfunden. Ähnlichkeiten mit lebenden oder toten Personen sind rein zufällig und nicht beabsichtigt.

(Medien Contor Elbe)
Sietwender Straße 48, D-21706 Drochtersen, Tel. 04143/435
Internet: www.mce-verlag.de
Mail: info@mce-verlag.de
2. Auflage Oktober 2010

Umschlaggestaltung und Satz: Nikolaus Ruhl
Druck: CPI books, Leck
ISBN: 978-3-938097-11-3

IM NORDEN
STÜRMISCHE WINDE

Kriminalkomödie von Wolfgang Röhl

MCE-Verlag

„Die Wahrheit ist eine nicht aufgedeckte Lüge."

(aus dem Thriller „Das Ostermann Weekend", zitiert nach Bernhard Hamms Macintosh-Datei „Starke Sprüche")

1

ES WAR EIN UNBESTIMMTES, kaum wahrnehmbares Geräusch, das ihm verriet, wenn ein Auto kam. Eine Frequenz, die sich in der Großstadt nahtlos ins Grundrauschen einfügte. Hier jedoch, in der abgeschiedenen Moorlandschaft, klang sie wie ein Warnsignal.

Wenn jemand die Birkenallee von der Landstraße zu seinem Haus nahm, hörte Hamm ihn lange, bevor er auf dem Vorplatz einlief. Er hörte ihn sogar, wenn die Zufahrt durch Grünzeug abgeschottet war, wie jetzt, im Sommer.

Wer konnte das sein? Hamm hasste unangekündigten Besuch. Als ihm ein Onkel den Resthof vererbte – warum, hatte er nie heraus gekriegt; der Onkel und er waren sich nicht besonders nahe gewesen –, hatte ihn hauptsächlich die isolierte Lage davon abgehalten, das Grundstück umgehend zu verscherbeln.

Er hatte probehalber eine Woche in der alten, mit Reet gedeckten Fachwerkkate gewohnt und schnell gelernt, die Geräusche der Stille zu genießen. Das Klappern der Störche, die in den nassen Wiesen noch genug Frösche fanden. Das Flügelschlagen der Enten, wenn sie aus dem Schilfgürtel des

Flussufers aufflogen. Die nächtlichen Käuzchenschreie wie aus einem Edgar Wallace-Film.

Eine uralte Kulturlandschaft, die sich wegen des Verschwindens der Landwirtschaft langsam renaturierte. Höfe wurden aufgegeben, Äcker nicht mehr bestellt. Der braune Fluss, der durch die Region mäanderte, war schon lange keine Wirtschaftsstraße mehr, sondern das Revier von Sportbootkapitänen.

Manchmal sah Hamm tagelang keinen einzigen Menschen. Doch jetzt kam einer.

Hamm überlegte. Der Müllsack wurde einmal pro Woche an der Straße abgeholt, die Post in den Briefkasten am Eingang der Zufahrt geworfen. Die diversen Controllettis, die alle Jahre wieder hunderte von Euro für Überprüfungen abzockten, welche ebenso gut alle zehn Jahre hätten stattfinden können, sie hatten ihn bereits heimgesucht.

Schornsteinfeger, Heizungs-Emissionsmesser und der Inspekteur der Klärgrube hatten sogar schon ihre Rechnungen geschickt. Wer also? Zeugen Jehovas? Zwei von ihnen waren mal da gewesen, aber zu Fuß. Die fahren nicht mit dem Auto, dachte Hamm. Auserwählte tun so etwas nicht.

Die Katze Susi strich um seine Hosenbeine, daran erinnernd, dass es Zeit für ihr zweites Frühstück war. Jeden zweiten Tag musste Hamm seine Hosenbeine mit einem Fusselroller bearbeiten, weil das Tier haarte, als wolle es sein Fell komplett abwerfen und fürderhin nackt durch die Welt spazieren. Jeden Sommer dasselbe Spiel. Im Winter dagegen legte sich Susi einen gewaltigen Pelz zu, der sie aussehen ließ, als sei sie vollkommen überfressen. Was Hamm gelegentlich vorwurfsvolle Bemerkungen einbrachte.

Plötzlich fiel ihm ein, wer der Besucher sein musste.

Der Blödmann! Der Kopfgeldjäger! Der Typ von der Gebühreneinzugszentrale!

Hamm zahlte aus tiefster Überzeugung keine Fernsehgebühren. Die sieben Milliarden Euro, die das Staatsfernsehsystem harmlosen Zuschauern jährlich aus den Taschen leierte, mussten reichen. Ein Teil davon, so hatte der Bundesrechnungshof gerade aufgedeckt, wurde regelmäßig mit kostspieligen, grundlosen Auslandsreisen verschwendet, auf welche sich die Gebührenmafiosi selber einluden.

Das meiste Geld wurde freilich mit dem Wasserkopf an Mitarbeitern vergeudet, den sich die Anstalten im Laufe der Jahrzehnte zugelegt hatten und der unerhörte Privilegien genoss, wie Hamm aus seiner Zeit als Journalist wusste. Fernsehleute waren praktisch unkündbar, wie Beamte. Auf dem Gelände des zweitgrößten Senders gab es sogar eine Tankstelle, wo sie verbilligtes Benzin bunkern konnten.

Mahnbriefe der GEZ warf Hamm stets ungeöffnet in den Papierkorb. Wer sollte ihn in dieser Pampa aufstöbern?

Aber vor einem halben Jahr war ein Opel mit dem Kennzeichen des Nachbarkreises auf den Hof gefahren. Heraus hatte sich ächzend eine vierschrötige Gestalt geschafft, Typ Zubrot verdienender Frührentner. Der Ungeschlachte hatte Hamm ein Ausweiskärtchen entgegen gestreckt, als sei es die Lizenz zum Töten, und routiniert wie ein Kripomann geschnarrt: „Ich bin von der GEZ und muss die Zahl der Rundfunk- und Fernsehgeräte kontrollieren".

Hamm hätte ihm gerne einen kleinen Vortrag gehalten. Darüber, dass er keinen lausigen Cent für ein Programm zu zahlen bereit war, in dem eine Figur wie der Schwiegermütterschwarm den Ton angab. So nannten sie den durch die verschiedensten Sendungen turnenden Grinseburschen, bei dem jeder seine neueste Schrott-CD oder seine jüngste witzlose Beziehungsklamotte gratis bewerben durfte.

Hamm hätte auch sagen können, dass er keine Lust habe, das stumpfsinnige Volksmusik-Gedudel und die quietschbunten Alpen-Schmonzetten zu finanzieren, mit dem die öffentlich-rechtlichen Sender die Verblödungsanstrengungen der Privaten noch zu überbieten trachteten. Ebenso wenig die ewigen Gutmenschen-Kampagnen, mit denen das Fernsehen die wehrlosen Zuschauer überzog, als seien sie die natürliche Beute von Politikern, Kirchenfürsten, Gewerkschaftsbonzen oder Öko-Lobbyisten.

Hamm wurde unwiderstehlich übel, wenn er die gackernden Talkshowhennen sah, in deren Runden die immer gleichen Charaktermasken aus den Parteien sich mit Statistiken bewarfen, welche ihre Referenten sorgsam auf diesen Auftritt hin gefälscht hatten. Nicht zu vergessen den hoch bezahlten Zappelheini, der den Wetterbericht zu einer ebenso end- wie freudlosen Clownsnummer auswalzte.

Natürlich sagte er kein Wort. Man diskutierte nicht mit Handlangern. Man schmiss sie achtkantig raus. GEZ-Schnüffler besaßen keine Befugnisse, in Wohnungen oder Privatgrundstücke einzudringen, obwohl sie naive Zeitgenossen gern mit angemaßten Kompetenzen zu bluffen versuchten. Er sah durch das Vierschrot hindurch. „Verschwinden Sie. Und kommen Sie nie wieder. Sie haben Hausverbot. Auf Lebenszeit."

Der Mann fuchtelte mit seinem Ausweis herum und rief aufgebracht:

„Sie sind zur Auskunft verpflichtet! Ich habe das Recht..."

Hamm ging auf ihn zu und streckte den Arm in Richtung Straße.

„Einen Scheiß haben Sie. Raus!"

Da hatte sich der Typ grummelnd getrollt. Hamm spürte ein schales Gefühl der Befriedigung. An die Bosse der mit Fug und Recht Anstalten genannten Sender kam man nicht heran. Wenigstens einen ihrer Schergen hatte er mal auflaufen lassen.

Was fiel dem Kerl ein, es noch einmal zu versuchen? Hamm nahm sich vor, diesmal sehr deutlich zu werden. Am Schuppen hing eine Mistforke. Ein gutes Argument.

Doch es rollte kein Opel auf den Hof. Sondern ein verdreckter Ford Kombi mit lokalem Kennzeichen. Ein kleiner Mann in einem grauen Tweed-Jacket mit Lederflecken an den Ärmeln stieg aus. Graues Gesicht, schütteres Haar. Wahrhaft grauenhaft, die Anmutung. Was wollte der nun wieder?

Nach dem Überfall des GEZ-Büttels hatte Hamm überlegt, ob er das Schild an die Pforte nageln sollte, das er von einer Amerika-Reise mitgebracht hatte. Es zeigte einen rauchenden Colt und die Warnung: TRESPASSERS WILL BE SHOT. SURVIVORS WILL BE SHOT AGAIN. Hamm fand das Schild nicht unkomisch, bezweifelte aber, dass man den Humor in dieser Gegend verstehen würde.

„Ich heiße Peters", sagte das Männlein, ohne sich mit Begrüßungsfloskeln aufzuhalten. Die Stimme klang überraschend fest. „Wohne drüben, in Schutenholz."

Drüben, das hieß auf der anderen Seite des Flusses. Hamm kannte die Siedlung, die von Feldern und Weideflächen umgeben war. Viele lagen brach. Die Landwirte kassierten eine Stilllegungsprämie, wenn sie die nicht bewirtschafteten. Neuerdings stiegen die Preise für Agrarerzeugnisse wegen der Nachfrage aus dem Ausland, und nun sollte wieder der Markt das Sagen haben. Der übliche EU-Wahnsinn.

„Ja?", machte Hamm, ja mit ganz kurzem A. Er wünschte, es möge recht unfreundlich klingen.

Der Kleine ließ sich nicht irritieren. „Möchten Sie, dass hier ganz in der Nähe sechzehn riesige Windräder aufgestellt werden?", fragte er giftig, als sei Hamm derjenige, welcher solches vorhabe. „Windräder, die hundert Meter und mehr hoch sind, dreimal so hoch wie der Kirchturm von Söderfleth?"

Söderfleth war das Dorf, zu dem auch die Einzelhäuser und Gehöfte der Gegend gehörten, in der Hamm wohnte. Der Kleine legte nach. „Fänden Sie es gut, wenn Sie Tag und

Nacht das Brummen und Rauschen der Windanlagen hören? Und wenn bei tief stehender Sonne der Schattenwurf der Flügel in ihre Fenster fällt?"

Er vollführte mit den Armen eine Art Rotoren-Pantomime. Dazu stieß er befremdliche Laute aus, die wohl den Flügelschlag der Windräder akustisch imitieren sollten. „Dwusch, dwusch, dwusch."

„Moment mal", sagte Hamm, „ich verstehe nur Bahnhof. Wer genau will was bauen? Und wo?" Der Kleine hielt ihm anklagend eine fotokopierte Karte von Söderfleth und Umgebung hin. Einige Gebiete darauf waren schraffiert und mit Abkürzungen versehen. Eine Art Flächennutzungsplan, dachte Hamm. „Hab ich von der Gemeinde", sagte der Kleine stolz. „In den schraffierten Gebieten wollen sie die Windräder hinstellen. Falls wir das nicht verhindern."

„Wer ist sie?" fragte Hamm. „Und wer ist wir?" Der Kleine blickte ihm fest in die Augen, als ginge es um Leben und Tod. „Die, das ist die Betreibergesellschaft Wonderwind in Bremerhaven. Stellt den ganzen Norden mit Windrädern zu. Kauft sich Gutachter und so genannte Experten. Notfalls auch Politiker, wenn sie auf Widerstand stößt." Er stieß ein querulantorisches Meckern aus, als bereite es ihm innige Befriedigung, gegen eine feindliche Supermacht anzurennen. Hamm kam er vor wie ein moderner Don Quixote. „Und wir", fuhr der Kleine fort, „wir sind die Leute von der BI Stoppt den Windwahn in Söderfleth und anderswo. Lesen Sie den Boten nicht?"

In der Tat las Hamm den Küstenboten nur selten. Zum Beispiel im Sommer, wenn ihm nach Baden zumute war. Das Blättchen druckte jeden Tag einen Tidenkalender ab, aus dem die Hoch- und Niedrigwasserzeiten an der Küste hervorgingen.

Das waren die spannendsten Nachrichten des Boten. Ansonsten bildete das Blatt getreulich das Vereinsleben der

Region ab und lieferte anhand der Todesanzeigen immer aufs Neue den Beweis, dass die Menschen in dieser Gegend erstaunlich alt wurden. Sofern sie sich nicht vorher aufhängten, wofür die Gegend ebenfalls bekannt war. „Durch den Strick gucken", nannte man es hier. Selbstmord war zumal für Männer, die sich in eine wirtschaftlich aussichtslose Lage manövriert hatten, ein gesellschaftlich akzeptierter Abgang.

Es wurde Zeit, den kleinen Agitator los zu werden. „Ich lese keine Käseblätter", sagte Hamm bündig, „und Windräder interessieren mich nicht. Der geplante Standort liegt vier Kilometer von hier. Von denen werde ich nichts sehen. Hören schon gar nichts."

Der Besucher lächelte boshaft. „Da seien Sie mal nicht so sicher. Die Räder werden mit den Jahren immer monströser. 160, 180 Meter hoch schon heute. Repowering nennen sie das. Und wo die Dinger einmal stehen, werden immer mehr genehmigt. Weil die Landschaft dann nicht mehr kaputt gemacht werden kann. Sie ist es ja schon."

Hamm überging den Einwand. „Ich muss los. Nach Hamburg." Er zückte demonstrativ seinen Zündschlüssel. Der Kleine gab nicht auf.

„Übermorgen ist eine Anhörung zum Thema Windkraft. Die Betreiber werden alle Register ziehen, um den Gemeinderat zu einem Ja zu bewegen. Die BI wird auch da sein. Hören Sie sich wenigstens mal an, worum es geht." Wieder lächelte er maliziös.

„Es geht nämlich auch um Geld. Wenn die Windräder kommen, sind viele Häuser im Dorf nur noch die Hälfte wert. Ihres auch, mein Lieber."

Er stieg in seine Dreckskarre. „Bis übermorgen." Hamm machte eine Handbewegung, die alles bedeuten konnte. Hauptsache, der Kerl machte sich vom Hof.

Jedenfalls war jetzt klar, woher der Wind wehte. BI! Bürgerinitiative! Die ewigen Blockierer, Verhinderer, Bedenkenträger. Hörte das nie auf? Hamm gab seinem Diesel die Sporen und bretterte über die schmalen, holperigen Moorstraßen in Richtung Hamburg. Er hatte sich mit Blick auf die lokalen Verkehrswege einen Renault VelSatis zugelegt, dessen Fahrwerk die seit Jahrzehnten vernachlässigten Schlaglochpisten gnädig ausbügelte. Der kühn geschnittene, geräumige Franzose war in dieser Gegend, wo die Marke Opel von jeher in hohem Ansehen stand, exotischer als ein Kalb mit drei Köpfen. Hamm genoss die Vorstellung, dass er in einem Auto durch das Nasse Dreieck fuhr – so nannte man die regenreiche Region an der Küste –, mit dem der französische Präsident sich in den Elysée-Palast chauffieren ließ. Das Modell war der ganze Stolz der gallischen Autoindustrie.

Der kürzere Weg über die Bundesstraße war jetzt, am frühen Vormittag, hoffnungslos verstopft. Eigentlich war er immer verstopft. Auch eine schöne Leistung von Bürgerinitiativen. Seit 30 Jahren verhinderten Interessengrüppchen mit endlosen Klagen und Eingaben, dass eine Autobahn an die Küste gebaut werden konnte.

Überall in der Region sprangen einen Protestplakate an, auf denen vor Landschaftszerschneidung und Luftverschmutzung gewarnt wurde. Naturschutzverbände organisierten Kampagnen gegen den Genozid an unschuldigen Kröten, Ottern, Großtrappen und Feldhamstern, welche unweigerlich Opfer des menschen- und tierverachtenden Autobahnwahns würden.

Eine andere Initiative blockierte seit Jahren die Verlängerung der Landebahn des Regionalflughafens. Eine dritte zog alle juristischen Register gegen das Vorhaben, eine Umgehungsstraße für eine vom Durchgangsverkehr terrorisierte Kleinstadt zu bauen. Die vierte widersetze sich standhaft einem geplanten Einkaufszentrum. Die fünfte...

Hamm war kein Freund von Landschaftsbetonierung.

Allerdings wusste er: die meisten Leute hatten durchaus nichts gegen Autobahnen, Umgehungsstraßen, Einkaufszentren oder Landebahnen. Sie protestierten nur dagegen, wenn diese nah an ihrem Haus gebaut zu werden drohten. Weil dann Abgase und Lärm den Hauswert mindern würden. Die weiter entfernt wohnten, fanden eine Autobahn, eine Ortsumgehung, Geschäfte oder einen Flugplatz in der Nähe sehr in Ordnung. Sie würden den Wert ihrer Häuser sogar steigern.

Ein gelbes Protestschild, das all dies auf den Punkt brachte, hing an vielen Chausseebäumen im Landkreis. „A 229 – hier nicht!“ HIER nicht. Anderswo aber gerne. Heiliger St. Florian. Verschon' mein Haus, zünd' andre an. Diese elende Heuchelei. Hamm konnte Bürgerinitiativen nicht ausstehen.

„Unrecht gegenüber mir dulde ich nicht."

(John Wayne in „The Shootist", aus der Datei „Starke Sprüche")

2

DIE BÜROS DES KARWUNKEL-VERLAGS in Hamburg-Eimsbüttel waren in einem vierstöckigen Klinkerbau aus den dreißiger Jahren untergebracht, den die britischen Bomben im Zweiten Weltkrieg leider verschont hatten. Es hing eine muffige, übellaunige Aura über dem Gebäude, die Hamm aufs Gemüt schlug, sobald er durch den Eingang trat.

Zum Glück musste er nur ein- oder zweimal pro Woche ins Büro. Sein Job als Lektor ließ sich von seinem Landhaus aus problemlos erledigen. Redigiertes Material schickte er online zum Verlag. Nach Hamburg fuhr er nur montags, wenn der Verleger die Hauptkonferenz leitete.

Klaus Karwunkel empfand sich als Büchermensch aus höherer Berufung. Er hatte die Baumarktkette seines Vaters geerbt. Sie florierte fast ohne sein Zutun. Seine Geschäftsführer meinten, sie florierte eben deshalb. Bis zu seinem 35. Lebensjahr war er von Beruf Sohn gewesen. Endlos hatte er studiert, unter anderem Soziologie, Psychologie und Literaturwissenschaft.

Später hatte er sich in allerlei dubiose Projekte verkrallt. Etwa in den Aufbau einer esoterischen Kommune auf der

Kanareninsel Lanzarote. Die huldigte irgendwelchen windigen Dritte-Welt-Gottheiten und suchte nach Wegen, Erdkernenergien anzuzapfen, welche, so hieß es in uralten Überlieferungen, bevorzugt in Lavabergen austraten.

Mit ihnen spirituell geladen, würde man eine kosmisch-galaktische Erleuchtung erfahren, so der Plan. Doch Querelen mit den schikanösen Behörden, die den Bau einer riesigen Pyramide im Naturschutzgebiet untersagten, sowie eine Filzlausepidemie unter den Kommunarden hatten das Projekt letzten Endes platzen lassen. Karwunkel war für eine Weile ins Baumarkt-Geschäft zurückgekehrt.

Irgendwann hatte er entschieden, nunmehr ein Hommes de Lettres zu werden, statt sein Leben mit dem Verticken fernöstlicher Ramschware an Bastler und Schwarzarbeiter zu vergeuden. Hatte einen Not leidenden Buchverlag übernommen, neue Leute eingestellt, ein kunterbunt zusammen gewürfeltes Programm aufgelegt.

Inzwischen war der Verlag Kult. Drei hoch erfolgreiche Autorinnen besorgten das Brotgeschäft. Karnickelhaft entbanden sie Bestsellerschund für Leserinnen aller Altersstufen. Darin ging es meistens um sympathische, aber etwas dusselige Männer, die von pfiffigen Frauen buchstäblich aufs Kreuz gelegt wurden. Sowie um weibliche Problemzonen, teils lustig, teils lüstern geschrieben.

In einer anderen, ebenfalls sehr profitablen Reihe erschienen krude Verschwörungstheorien, in denen wahlweise die CIA, der MI6, der Mossad, Gen-Firmen oder die chemische Industrie eines gigantischen Komplotts beschuldigt wurden. Die Weltherrschaft war das mindeste, was diese finsteren Organisationen anstrebten, die systematische Manipulation aller Medien und Politiker der Weg dorthin.

Wieder andere Bücher lagen hart am Rande der Legalität. Eines war eine Gebrauchsanleitung zum systematischen Sozialbetrug, den die Autoren in einem postmarxistischen

Vorwort als Notwehrakt gegen die „globalen Expropriateure" rechtfertigten. Ein anderes gab Arbeitnehmern unter dem Titel „Lob der Faulheit" Tipps zum Blaumachen.

Einmal hatte es sogar eine Beschlagnahmeaktion gegeben. Im „Schwarzbuch Tierquäler" hatten terroristische Tierschützer die Adressen, Telefonnummern und sogar die Lebensgewohnheiten von Laborärzten und Wissenschaftlern aufgelistet, welche mit Versuchstieren arbeiteten. Ein Forscher war überfallen und krankenhausreif geprügelt worden.

Der Weißkittel hatte Anzeige gegen Karwunkel persönlich erstattet. Der Verleger mobilisierte die Redaktionen. Auf dem Weg zur Vernehmung ließ er sich filmen und fotografieren. Der Bericht in einem Kulturjournal zeichnete das Bild eines unbeugsamen Anwalts der Meinungsfreiheit, der vor den Mächtigen nicht einknickt.

Dann war da noch die Reihe mit den jeweils neuen französischen Philosophen, Trendforschern, Hauptstadtauguren, Ästhetikprofessoren und jener genialisch-versoffenen osteuropäischen Lyrikerin, die auf Lesungen mit Wodka-Gläsern um sich zu schmeißen pflegte. Diese Art von Werken erreichte nur jammervolle Auflagen, wurde aber dennoch oder gerade deshalb in den Feuilletons länglich besprochen. Karwunkel liebte sie. Er hofierte ihre größenwahnsinnigen, arroganten Autoren, als seien sie die eigentlichen Stützen des Verlags. Auf Buchmessen sonnte er sich zusammen mit ihnen im Glamour dessen, was er sich unter Hochkultur vorstellte.

Vom Baumarktmilieu geblieben war ihm ein profunder Geiz. Anderenfalls hätte er den Verlag niemals in ein derart schäbiges Ambiente einquartiert. Aber Karwunkel war auf seine gockelhafte Art gut zu leiden, und er hatte einen Narren an Hamm gefressen. Der Lektor saß kaum auf seinem betagten, ächzenden Drehstuhl, als der Verleger ins Zimmer brach.

„Bernie, ich hab' eine grandiose Idee!"

Hamm hasste es, wenn man ihn Bernie nannte. „Tach erstmal, Herr Unseld", knurrte er. Das sollte ironisch klingen. Er duzte sich mit Karwunkel. „Was befiehlt mein Guru?"

Karwunkel war heute, ebenso wie an jedem anderen Tag des Jahres, für Ironie unempfänglich. „Wir legen eine Reihe mit deutschen Krimis auf, die in der Provinz spielen. Krimis mit richtigen Menschen. Knorrig, erdverbunden, mundarttreu. Der leutselige bayrische Kommissar, der es faustdick hinter den Ohren hat. Der Bonvivant aus dem Südwesten, der seine Fälle im Gourmettempel löst. Das dröge Nordlicht, das die Gangster immer unterschätzen. Im Fernsehen ist das schon lange der Trend. Tatort und dieses ganze Zeugs, hat gigantische Einschaltquoten."

Hamm wusste, wie Karwunkel auf die Idee verfallen war. Der Verleger grämte sich seit langem, dass andere Verlage mit Schwedenkrimis riesige Auflagen erreichten. Oder mit Holland-, Italien-, Spanien-Krimis. Neuerdings verkauften sich auch dänische, norwegische, finnische, ja sogar estländische, lettische und litauische Kommissare gut.

Bald würde es russische geben, danach aserbeidjanische, ossetische, moldavische. „Hauptsache, sie saufen, hassen ihren Job, sind von der Welt, dem Staat und den Frauen angepisst und haben ein renitentes Balg im übelsten Alter", hatte sich Karwunkel gewundert. Er liebte es, den abgebrühten Verlagsprofi rauszukehren. „Werde nie begreifen, wer diesen langweiligen Bullshit kauft." Ihm selber war es trotz aller Mühen nie gelungen, auch nur einen dieser Bestsellerfabrikanten unter Vertrag zu kriegen.

„Und woher nehmen wir unsere Schollen-Chandlers?", fragte Hamm. Es sollte spitz klingen und Skepsis signalisieren. Natürlich ganz sinnlos. Karwunkel war gegen kritische Untertöne immun.

„Die warten nur auf uns", tönte er. „In den Buchhandlungen der Kleinstädte findet man die tollsten Schwarten. Verlegt in dubiosen Kleinverlagen oder im Selbstverlag. Unsere Außendienstler suchen das Zeug zusammen. An die Autoren gehen wir aggressiv ran. Du machst das. Du wirst die ganze Reihe gestalten. Bis hin zu den Covers. Das muss eine gemeinsame Handschrift haben. Krimis made in Germany." Er strahlte, als habe er Hamm soeben das Gehalt verdoppelt. „Was sagst Du?"

Es stellte sich heraus, dass der Auftakt zur Reihe bereits vorlag. Eine gewisse Clarissa Holst hatte das Manuskript eines Krimis eingeschickt, wie er norddeutscher nicht sein konnte. „Toll geschrieben", wie Karwunkel fand.

„Total authentisch, mit Stallgeruch. Ein bisschen Dialekt, aber nicht zuviel. Ein Pageturner. Ein No-downer. Genau richtig für uns." Er schlug Hamm auf die Schulter. „Mit der Lady fangen wir an. Wohnt in Norderfleth. Das Kaff liegt irgendwo bei dir da oben. Lies das Buch und mach' mit ihr einen Vorvertrag."

Pageturner. No-downer. Ein Buch, das man in einem Rutsch durchliest, das man nicht beiseite legt. Karwunkel liebte schräge Anglizismen. Er schien bunkerfest überzeugt von seinem Projekt. Hamm ersparte sich Einwände. Im Grunde fand er die Idee gar nicht so dumm. Später dachte er manchmal: wenn er in diesen Tagen krank oder im Urlaub gewesen wäre, hätte ihm das eine Menge Aufregung erspart.

Aber wäre das wirklich so gut gewesen?

Wenn die richtigen Leute getroffen werden, ist gegen den Gebrauch der Waffe nichts zu sagen.“

(Clint Eastwood in „Dirty Harry II“, aus der Datei „Starke Sprüche“)

3

SCHÜTZEN HABEN IMMER VORFAHRT. Als Hamm am Nachmittag aus der Stadt zurückkehrte und den Zug entgegenkommen sah, fuhr er an den Straßenrand und stellte den Motor ab. Im Sommer, wenn überall im Norden Schützenfeste gefeiert wurden, brauchten Autofahrer manchmal etwas Geduld. Die Umzüge wurden mit großer Inbrunst zelebriert. Wer nicht mitlief, hatte wenigstens Platz zu machen.

Vorneweg, mit Flöten, Trommeln und allerlei Blechinstrumenten, marschierte der Spielmannszug der Freiwilligen Feuerwehr in weißen Uniformen. Folgten die Schützen in grauen Jacken mit grünen Kragen und Jägerhüten; Männer, Frauen, Jungen, Mädchen; die Älteren mit ganz viel Lametta, Schärpen und Kordeln an den Jacken, der ihre langjährige Treffsicherheit bezeugte. Den Abschluss bildete der knallrote Wagen der Dorffeuerwehr, der bei solcher Gelegenheit endlich mal sein Blaulicht aktivieren konnte. Hamm beschloss spontan, sich zwei oder drei neue Handfeuerlöscher für sein Haus anzuschaffen, als er das museumsreife Gefährt betrachtete.

Er grüßte den einen oder anderen, den er aus dem Dorf kannte. Gewiss, die Schützenvereine litten unter Überalterung und Nachwuchsmangel. Doch noch immer bildeten sie, zusammen mit Feuerwehren, Jagdverbänden und Anglervereinen, den sozialen Kitt der ländlichen Gemeinschaften. Sie stärkten den Zusammenhalt und fungierten als Tratschbörse, manchmal auch als Heiratsmarkt.

Ein gutes Stück an sozialer Kontrolle spielte da natürlich mit. Es war nicht einfach, sich vom Dorfleben abseits zu halten. Andererseits lag in diesem Landstrich auch niemand sechs Monate tot in seiner Wohnung, ehe jemandem sein Fehlen auffiel, wie es in der Großstadt immer wieder vorkam.

Hamm beschloss, auf ein Bier in die Schützenhalle zu gehen. Er war Mitglied im Schützenverein, allerdings nur ein stilles, zahlendes. Als einem, der weit im Außenbereich wohnte und regelmäßig in der Stadt zu tun hatte, wurde ihm das Desinteresse nachgesehen. Von vornherein hatte er den Fehler vieler Städter, die aufs Land ziehen, konsequent vermieden. Der Fehler bestand darin, sich zunächst anbiedernd auf alle möglichen lokalen Aktivitäten einzulassen, um diese nach einiger Zeit gelangweilt wieder aufzugeben. Letzteres kam nicht gut bei den Einheimischen an. Ganz oder gar nicht, hieß ihre Devise.

Vom Schießstand schallte das Pling-pling der Luftgewehrgeschosse herüber, die in den Kugelfänger flogen, gemischt mit dem hellen Peitschen der Kleinkalibergewehre. Die Festhalle war mit Fähnchen und gebundenen Tannenzweigen geschmückt. Auf der Bühne standen die Musikinstrumente der Kapelle, die am Abend zum Tanz aufspielen würde. Alles schien wie alle Jahre wieder. An einem langen Tisch hockten Gäste, die zu einem auswärtigen Verein gehörten, prosteten sich mit Jägermeister zu und schmetterten den allfälligen Toast der Schützengilde:

Und Schützenbrüder sünd wi
Hevt immer frohen Mod
Und durstig sünd wi jimmer
Dat lecht uns so in'n Blood.,
God Schuss!
God Schuss!
God Schuss!

Hamm ließ sich vom Zapfer am Tresen ein Bier geben. „Und? Wie ist es dieses Jahr? Viel los?" Kalle, Schornsteinfeger und in dieser Funktion auch bei Hamm tätig, wiegte den Kopf und verzog den Mund. „Is nicht so doll, diesmal."

„Wieso nicht? Wetter zu gut?" Die Schützenbrüder fürchteten Dauerregen ebenso wie Backofenwärme. Der Zulauf zum Festplatz, auf dem Kinderkarussells, Bratwurststände und Losbuden aufgebaut waren, ließ dann gewöhnlich zu wünschen übrig. Wieder wiegte Kalle den Kopf.

„Hat mit dem Wetter nichts zu tun. Sieht eher so aus, als ob manche nicht gekommen sind, weil sie mit anderen nicht zusammentreffen wollen. Die Stimmung ist irgendwie mau. Für die Tombola hab' ich nur 170 Lose verkauft. Voriges Jahr waren es über 300."

„Und wieso?", fragte Hamm, der mit der aktuellen Kabale im Dorf nicht vertraut war.

„Die Sache mit den Windmühlen liegt den Leuten im Magen. Du weißt schon, diese Riesendinger, die sie hier aufstellen wollen. Die einen sagen so, die anderen so. Übermorgen ist großes Palaver in der Aula wegen der Dinger. Da gibt's Krach, kannste drauf wetten."

Die Windräder schon wieder! Sie ließen ihn nicht in Ruhe. An ein und demselben Tag zweimal dieses Thema, das war zu viel, fand Hamm. Er trank sein Bier aus und nickte Kalle zu. „Lass man, heute Abend ist der Saal bestimmt hackevoll. Und die Leute auch. Wär' ja noch schöner." Er drehte sich um und stieß mit einem Schützenbruder zusammen, der deutlich zuviel Zielwasser getankt hatte. „Tschuldigung. Schönen Abend noch." „Wirsing", brabbelte es aus dem Schützen heraus.

Hamm fragte sich, was der Mann damit wohl meinte. War es eine Beleidigung? Oder sollte das ein Name sein? Aber wer konnte ernstlich Wirsing heißen? Er kannte niemanden. Es hatte mal einen stramm konservativen Publizisten dieses Namens gegeben, doch der war schon lange tot.

Im Auto fiel ihm die Lösung ein. Wiedersehen, hatte der Schützenbruder sagen wollen. So konnte man es natürlich auch ausdrücken. Hamm nahm sich vor, „Wirsing" einen prominenten Platz in seiner Datei „Best of Kneipenlall" zuzuweisen, die er seit längerem zu seinem Privatvergnügen führte. Dem Besuch gewisser Gaststätten verdankte er schöne Einträge, darunter Evergreens wie „Kino" (ki nochenbier?) oder „Eishockey" (allsokay?). Zufrieden fuhr er heim. Der Abstecher in die Schützenhalle hatte sich gelohnt.

„Sie sind ein Teil von jener Kraft, die stets das Gute will und stets das Böse schafft.“

(auf Gutmenschen gemünztes, umgedrehtes Mephisto-Prinzip, aus B. Hamms Ordner „Starke Sprüche“)

4

DIE AULA DER GRUNDSCHULE von Söderfleth war hoffnungslos überfüllt. Auf den Gängen und vor den Türen drängten sich die Dorfbewohner. Nicht mal beim letzten Weihnachtsmarkt war mehr los gewesen. Der Gemeinderat hatte eine Podiumsdiskussion über die Frage „Windkraft – Segen oder Fluch für Söderfleth?“ angesetzt. Außerdem würde die Betreibergesellschaft ihre Pläne vorstellen.

Hamm war aus Gründen kumulierter Langeweile zu der Veranstaltung gegangen. Wenn er nicht aufpasste, würde ihm irgendwann das Reetdach auf den Kopf fallen. Er musste mal wieder Menschen sehen.

Der Abend roch in der Tat nach Zoff. Eine Reihe von Gestalten, offenbar Mitglieder der Bürgerinitiative, trugen Schilder mit den Parolen WINDINDUSTRIE? NEIN DANKE! oder STOPPT DIE DORFZERSTÖRUNG. PROFITGEIER RAUS! stand auf Spruchbändern, mit denen die Aula der Schule dekoriert war.

Wie im Wendland, dachte Hamm. Oder bei Brokdorf, damals. Er erinnerte sich noch an die massenhaften Proteste gegen das Atomkraftwerk an der Elbe. Aber was war gegen

Windkraft zu sagen? Da strahlte nichts, da qualmte nichts. Saubere Sache.

Er beobachtete, wie ein kleiner Konvoi aus schwarzen BMW- und Mercedes-Limousinen mit Bremerhavener Kennzeichen auf den Schulparkplatz fuhr. Heraus quoll eine Truppe von Anzugträgern, die einen Projektor, Grafiken und Schautafeln aus den Kofferräumen holten.

Die Frontschweine der Windkraft-Betreiber, dachte Hamm. Redegewandte, erfolgsgewohnte junge Leute. Hamm kannte den Typus von Ferieninseln, wo Drückerkolonnen sonnentrunkenen Touristen betrügerische Timesharing-Verträge für heruntergekommene Apartments aufschwatzten.

Die Stimmung in Söderfleth überraschte die Truppe offensichtlich. Ihr forscher Habitus knickte ein wenig ein, als sie sich der murrenden Meute in der Aula ausgesetzt sahen. Der Rudelführer, eine Halbglatze Mitte dreißig, trug einen Button am Revers, auf dem ein stilisiertes Windrad abgebildet war. Darunter der Spruch: „Wonderwind – denn der Wind schickt keine Rechnung". Er fingerte nervös am Projektor herum.

Bürgermeister Ole Dammann stellte ihn und die Gruppe vor. Erste Buhrufe, Pfiffe. „Lasst die doch erstmal reden", rief Henning Carstens, ein Bauer mit ausgedehnten Äckern und Wiesen in Schutenholz. Er saß auf dem Podium, als Mitglied des siebenköpfigen Gemeinderates.

„Mit dir haben die doch schon lange genug geschnackt", rief einer aus dem Saal. Heftiges, böses Gelächter. Carstens' Hochdruck durchblutete Birne wurde noch röter, als sie ohnehin war. Hamm reimte sich zusammen, dass die Betreiber von Carstens Land gekauft oder gepachtet hatten, um ihre Windräder darauf zu stellen. Das Geschäft musste durchgesickert sein.

Auf so einem Dorf bleibt nichts verborgen, dachte er. Er

war froh, auf einem entlegenen Hof zu wohnen.

Jetzt legte der Leitwolf des Propagandarudels los. Er zeigte Bilder von Windrädern, Risszeichnungen, Statistiken, Kalkulationen. Alles wirkte seriös, durchgerechnet, wissenschaftlich. Der Vorteil für das Dorf lag auf der Hand: Gewerbesteuereinnahmen in erstaunlicher Höhe, ein warmer Regen für die chronisch leere Gemeindekasse.

Außerdem würde seine Firma den Dörflern einen Kinderspielplatz spendieren. Vielleicht sogar einen Bootsanleger. Der würde den Wassertourismus in Schwung bringen. Den geplanten Standort für die Rotoren nannte der Drücker „Windpark". Immer dieselben Wortspielchen, dachte Hamm. Atomkraft nennen sie Kernenergie, die gezielte Tötung wird zum finalen Rettungsschuss. Die Unterschicht heißt jetzt Prekariat, eine Giftmüllkippe wird zum Entsorgungspark. Und ein Haufen von Stahlkolossen ist ein Windpark.

Beziehungsweise „Bürgerwindpark", wie der Mann von Wonderwind ihn nannte. Eine Goldgrube, an dem sich die Söderflether bevorzugt beteiligen könnten. Ein mittelgroßer Windpark könne eine Kleinstadt mit 5000 Haushalten versorgen. „Da klingelt auch bei Ihnen die Kasse, Herrschaften", rief der Drückerboss.

Er sprach auch von den unerhörten Chancen der Industrieländer, sich durch Windenergie vom Öl zu emanzipieren. Chancen, für die noch die Enkel und Urenkel dankbar sein würden. Indem Deutschland die Windenergie ausbaue, würde es zum führenden Produzenten dieser Technologie werden. Die könne man in die gesamte Welt verkaufen.

Windrad um Windrad entstand so die Vision einer friedvollen Erde, wo kein Blut für Öl mehr vergossen zu werden brauchte. Ewiger Frieden würde eintreten. Die von Menschen gemachte Erderwärmung könnte endlich gestoppt werden. Sobald die saubere, unendlich verfügbare Windenergie in ausreichendem Maße zur Verfügung stände.

Hamm kam das Ganze vor wie die Fernsehpredigt eines US-Evangelisten. Der Sermon passte zu diesen Typen wie die Maus aufs Gästeklo. Wenn sich wer einen feuchten Kehricht um Zukunft, Enkelkinder und globale Erwärmung scherte, dann diese Smarties mit ihren 250-PS-Schüsseln vor der Tür. Alles, was die im Sinn hatten, waren schnelle Abschlüsse und dicke Provisionen. Und dafür wollten sie auch noch ausgerechnet den Söderflethern die Kohle abknöpfen, für Anteile am Bürgerwindpark.

Geradezu bewundernswert dreist.

Hamm war in seinen jüngeren Jahren, wie die meisten Menschen, eher der politischen Linken zugeneigt gewesen. Nicht aus rationalen Erwägungen – er hatte sich niemals wirklich mit politischen Theorien oder auch nur mit Parteiprogrammen beschäftigt –, sondern allein wegen einer diffusen Solidarität mit den so genannten Unterprivilegierten.

Wie die Jahre dahingingen, war diese Neigung von der Wirklichkeit etwas korrigiert worden. Inzwischen war Hamm zu dem Schluss gekommen, dass ein maßvoller Kapitalismus die vergleichsweise vernünftigste Wirtschaftsform darstellte, auch für die so genannten Schwachen. Doch seine alten Instinkte lagen noch auf der Lauer.

Etwa, wenn er im Fernsehen fette Turbokapitalisten Sprüche dreschen hörte. Wenn Unternehmer ganze Fabriken zwecks Lohndumping ins Ausland verschoben, ihre heimischen Mannschaften auf die Straße setzten und das Ganze – „'s so, Leute" – kalt lächelnd der Globalisierung in die Schuhe schoben. Einmal hatte er im ICE-Abteil dem Gespräch zweier Business-Schnösel lauschen müssen, die für irgendeinen ausländischen Heuschreckenschwarm feindlich übernommene Firmen zerlegten und plünderten. In diesem Moment hatte er ernstlich bedauert, dass östlich der Grenze keine Rote Armee mehr stand, tendenziell imstande, mit solchen Figuren Tabula rasa zu machen.

Heute war wieder so ein Moment. Wonderwind kann einen glatt zum Kommunisten machen, dachte Hamm.

Der Leitwolf spulte sein Programm weiter. Söderfleth könne stolz darauf sein, für diese wundervolle Zukunft einen Beitrag zu leisten, hier und heute. „Denn der Wind schickt uns keine Rechnung", rief er in den Saal, den Spruch von seinem Button zitierend. Vermutlich hat er sich den selber ausgedacht und ist unheimlich stolz darauf, dachte Hamm.

„Von wegen!", rief einer von hinten aus dem Saal. „Der Strom wird jedes Jahr teurer. Weil wir alle die Milliarden an Steuern und Subventionen bezahlen müssen, die in die Windindustrie fließen. Ohne die würdet ihr Windbeutel nämlich längst pleite sein."

Hamm erkannte in dem Sprecher jenen kleinen Nerver, der ihn auf dem Hof heimgesucht hatte. „Außerdem blechen wir Steuerzahler noch zusätzlich, weil die Windparks Abschreibungsobjekte für Besserverdiener sind. Zahnärzte, Rechtsanwälte, Architekten, für solche Leute ist das ein Steuersparmodell. Die kriegen fette Verlustzuweisungen von 100 Prozent und mehr."

Hamm hatte das Gefühl, dass der Kleine sich ziemlich gut in der Windkraftszene auskannte. Was war der? Lehrer? Nur Lehrer hatten Zeit, sich in solche Spezialgebiete reinzufriemeln.

Ein älterer Mann in einem grauen Dreiteiler stand auf und stellte sich umständlich vor. Er sei Steuerberater in Hamburg, besitze ein Wochenendhaus in Schutenholz. „Ich kenne die steuerrechtlichen Konstruktionen der Windparks recht gut", sagte er. „Die meisten sind tatsächlich Abschreibungsmodelle. Sie sollen für die Anleger möglichst Verlustzuweisungen erbringen, auf gar keinen Fall Gewinne."

Er zog einen Zeitungsausschnitt aus der Tasche und zeigte ihn nach allen Seiten. „Hier wirbt ein Windpark mit der

Schlagzeile: Verleihen Sie Ihrem Geld Flügel, mit Verlustzuweisungen bis zu 175 Prozent. Auf gut Deutsch, die Firmen sind bewusst darauf angelegt, keine Gewinne zu erwirtschaften. Gewerbesteuereinnahmen werden deshalb auch in Söderfleth nicht fließen, zumindest nicht in den nächsten zehn Jahren."

Die Betreiber schüttelten die Köpfe. Der Saal buhte sie aus.

Eine Frau aus der ersten Sitzreihe wedelte mit der Hand. Der Bürgermeister erteilte ihr das Wort. „Alles Hühnerkram, das mit der Windkraft. Wind ist unberechenbar. Weil er mal weht und mal nicht, müssen normale Kraftwerke immer parallel mit laufen. Die Sache hat gar keinen Nährwert. Oder sind etwa irgendwo Atom- oder Kohlekraftwerke wegen der Windkraft abgeschaltet worden? Kein einziges!"

Ihre Stimme wurde leicht kreischig: „Für nichts und wieder nichts wird unsere schöne Landschaft verschandelt!" Der Saal pfiff zustimmend. „Pfui!" schrien einige. „Fair bleiben, Leute", rief der Bürgermeister. Die Veranstaltung lief langsam aus seiner Kontrolle.

„Was ist eigentlich mit dem Wert unserer Häuser?", wollte Erwin Tiedemann wissen. Der Dorfschlachter interessierte sich nicht für globale Erwärmung oder das mögliche Ende der fossilen Brennstoffe oder den Pegel der Weltmeere. Doch der Wert seines Häuschens war ihm überhaupt nicht egal. Es lag knapp zwei Kilometer südlich vom geplanten Windpark. Vom Bürgerwindpark. Erwin ging den Wonderwind-Sprecher direkt an: „Hier zieht doch keiner mehr hin, wenn sich die Dinger erstmal drehen. Ersetzt uns Ihre Gesellschaft den Wertverlust, der durch den Windpark entsteht?"

Jetzt wurde es turbulent. Genau das war der Punkt, weshalb die meisten zu der Anhörung gekommen waren. Alles brüllte durcheinander. Einige waren aufgesprungen und schleuderten in Richtung Podium Satzfetzen, die ungehört blieben.

Hamm glaubte, die Gedanken der Bremerhavener lesen zu können, als schwebten Sprechblasen über ihnen: Verfluchter Mist! Querulantenkaff! Wer hat diese Landeier bloß so aufgehetzt?

Sie hatten es sich leichter vorgestellt, schätzte Hamm. Hatten wohl mit städtischer Ignoranz angenommen, sie könnten ein paar tumben Bauern ein X für ein U vormachen. Wie die Schankwirte im Mittelalter, die aus einem U, lateinisch für fünf, mit etwas Kreidegekritzel ein X (die Zahl zehn) fingerten, an der Tafel, wo die konsumierten Getränke angeschrieben standen.

Bloß, dass die Bauern heutzutage auch nicht mehr das waren, was sie vielleicht mal gewesen waren. Die neue Landwirte-Generation hatte Betriebswirtschaft studiert und steuerte komplexe Melkcomputerprogramme. Sie las das Abendblatt aus der Großstadt und sah die Tagesschau wie der Rest der Republik. Die konnte man nicht für blöd verkaufen.

Überhaupt waren die Dörfler keineswegs so hinterwäldlerisch, wie sie in Büchern und Fernsehfilmen meistens dargestellt wurden. Schon gar nicht dösig waren sie, wenn es um Geld ging. Hinzu kam, dass die Gegend durchsetzt war von Zugereisten. Stadtflüchtigen Ärzten, Anwälten, Künstlern, Journalisten. All das schien man in Bremerhaven nicht zu wissen.

Plötzlich hatten es die Wonderwind-Leute sehr eilig. Sie rafften ihre Unterlagen nebst Projektor zusammen. Ihr Abgang durch das Spalier aufgebrachter Bürgerinitiativler glich einer Flucht. Sie durften sich schon mal auf einen Anschiss der Extraklasse einstellen, morgen, beim Rapport in der Zentrale.

Hier ging es nicht um Peanuts. Hier ging es um richtig viel Geld. Allein für Windräder und Zuleitungen sollten rund 50 Millionen Euro investiert werden, hatte der Leitwolf stolz bekannt gegeben. Auch ein Fehler, diese Zahlenprotzerei.

Die Menschen hier mochten die Dinge lieber eine Nummer kleiner.

Hamm beobachtete am Aula-Eingang einen Mann, der ihm vage bekannt vorkam. Er war vielleicht vierzig Jahre oder etwas älter. Schwarze Kassenbrille, Durchschnittsgesicht, etwas aufgeschwemmt von gutem Leben in einem Land, wo Diätratgeber sichere Bestseller waren. Der Mann trug Jeans und eine braune Wildlederjacke und machte Notizen in einen Ringblock.

Aus dem Dorf war er nicht, soviel stand fest. Zu den Windpark-Betreibern schien er auch nicht zu gehören. Ein Redakteur des Boten? Konnte nicht sein. Lokalredakteure hatten immer eine Kamera dabei. Mit der machten sie auf Schützenfesten und Feuerwehrbällen Fotos, die so unfassbar dilettantisch waren, dass sie schon wieder eine bizarre Ästhetik erreichten. Dass man mit modernen Digitalkameras überhaupt dermaßen verkorkste Bilder schießen konnte, grenzte an Kunst.

Hamm hatte auf einer Pinnwand im Schuppen Beispiele dieser Lokalblattkunst versammelt. Bauern sahen darauf aus wie Frankensteins Söhne, ihre Töchter glichen Gulag-Aufseherinnen. Jubilare wirkten, als habe man sie aus dem Grab gezerrt, auf einem Stuhl festgebunden und wie Geiseln in den Händen nahöstlicher Terroristen fotografiert. Brutale Schatten lagen um Kopf und Körper, verursacht durch zu starke Blitze. In Amerika könnte man die Urheber solcher Machwerke auf Schadenersatz in Millionenhöhe verklagen, dachte Hamm jedes Mal, wenn er so ein Horrorfoto aus dem Boten schnitt.

Eine Hand berührte ihn an der Schulter. Sie gehörte dem Kleinen.

„Sie sind ja doch gekommen. Hätte ich gar nicht erwartet."

„Gab nix Gescheites im Fernsehen."

„Was hier läuft, ist viel besser. Der reinste Krimi."

„Ach ja? Und wo ist die Leiche?"

„Abwarten. Die Dinge eskalieren gerade." Der Kleine grinste. „Kommen Sie noch auf ein Bier mit zu Ohlsen? Wir machen so eine Art Manöverkritik."

Hamm zögerte. Er hasste Clubs und Klüngel. Und er wollte in nichts hineingezogen werden, was es auch sei. Der Kleine schien seine Gedanken zu röntgen. „Keine Angst. Die BI ist kein Verein mit Kassenwart und Satzung. Es gibt nicht mal einen richtigen Vorsitzenden." Hamm sah vor seinem inneren Auge ein großes kühles Bier mit einer anständigen Blume aufscheinen, wie es bei Ohlsen noch gezapft wurde.

Er nickte ergeben.

„Ein Mann hat einen Standpunkt zu haben."

(Lee J. Cobb in „Lawman")

„Ein Baum hat einen Standpunkt. Ein Mensch kann sich bewegen."

(Hans Magnus Enzensberger; aus der Datei „Starke Sprüche")

5

DER GASTHOF OHLSEN lag weit vom Dorfkern entfernt an einer von Birken gesäumten Landstraße, die am Wochenende als Schleichweg bei alkoholisierten Fahrern populär war. Das Lokal hätte urgemütlich sein können. Mit seinen Sitzbänken um die mit Deckchen dekorierten schweren Holztische, den einkaufskorbgroßen Stammtisch-Aschenbechern und den nikotingegerbten Seestücken an den Wänden hätte es ohne Umbauten die Kulisse für einen Heimatfilm abgeben können, der in den Fünfzigern spielte. Dummerweise hatte Opa Ohlsen – er lebte noch, fast hundertjährig, in einem Anbau des verwinkelten Gasthofs – in seinen besseren Tagen einem düsteren Hobby gefrönt.

Präparierte Vögel starrten die Gäste mit gruseligen Glasaugen von überall her an. Ausgestopfte Fasane, Lachmöwen, Austernfischer, Saatkrähen, Kormorane, Käuzchen, Mäusebussarde und Reiher schmückten Fensterbänke, Simse und Regale. Opa Ohlsen behauptete stets, er habe sie auf seinen Wanderungen durch Watt und Moor tot aufgefunden. Im Dorf hieß es aber, er habe beim Ableben des einen oder anderen Exemplars mit seinem Tesching, einer kleinkalibrigen

Schrotflinte, etwas nachgeholfen.

Der Kleine hatte sich geoutet. Er hieß Heimo Peters und war tatsächlich Lehrer. Allerdings Gewerbelehrer, also einer von der bodenständigen Sorte. Er hatte guten Grund, einen Rotorenwald zu fürchten. Sein Hof erklärte er, läge genau an der Grenze zum Mindestabstand, die zwischen Windkraftanlagen und Wohnbebauung vorgeschrieben war. Er würde mit dem Bau der Anlage schlagartig aus seinem ländlichen Wolkenkuckucksheim in ein Industriegebiet katapultiert werden.

Die anderen BI-Mitglieder bildeten eine bunte Mischung. Alteingesessene und Zugereiste, Berufstätige und Rentner, Besitzer von Wochenendhäusern sowie ein als grundsätzlich renitent bekannter Obstbauer.

Ein paar Künstler, die sich in der verschlafenen, bis jetzt industriefreien Gegend niedergelassen hatten, waren auch dabei. Ferner die Besitzer eines Seniorenheims, das direkt am geplanten Windpark lag. Am Bürgerwindpark.

Neben Hamm saß ein hoch gewachsener älterer Mann mit einer langen weißen Mähne, die er anscheinend aus den frühen Siebzigern hinüber gerettet hatte. Peters stellte ihn als Alfred Templin vor, einen bekannten Maler und Bildhauer aus Hamburg. Templin besaß seit vielen Jahren ein Haus am Fluss.

Er war ein Veteran der lokalen Protestbewegungen. Eine Initiative gegen Tieffluglärm hatte er vor zehn Jahren gegründet, später mitgeholfen zu verhindern, dass ein Schweinebaron aus dem Westfälischen eine nach Gülle stinkende Großstallung an den Nordwestrand von Söderfleth hinsetzte, direkt in die Hauptwindrichtung. Von dem umtriebigen Alten stammten die Aufkleber, die man an vielen Autos im Gemeindegebiet sah. Ein kleines, schnuckeliges Dorf mit Kirchturm war darauf stilisiert, überschattet von riesigen Rotoren.

Die gute alte Propagandanummer, dachte Hamm. David

gegen Goliath. Ob im Hollywoodfilm oder auf dem platten Lande, das zieht immer wieder.

„Und die Frau da in der linken Ecke heißt Clarissa Holst", sagte Peters.

„Die Autorin?" fragte Hamm verdattert. „Aus Norderfleth?" Der Flecken lag unweit von Söderfleth.

„Sie ist Journalistin, glaube ich", sagte Peters. „Neulich war ein Porträt von ihr im Boten. Hübsche Person. Und auch noch klug. Fast ein bisschen zuviel, für meinen Geschmack."

Keine Sorge, dachte Hamm. Einer wie du, Zwerg Nase, kriegt bei der Lady sowieso kein Bein an Deck. „Was hat die denn hierher verschlagen?"

Peters sah ihn schief an. „Verschlagen? Ist das hier Sibirien?"

„Kommt einem manchmal nicht unähnlich vor."

Peters lachte. „Ja, ab November gibt's nur eines: Decke übern Kopf und durchschlafen bis Mai. Was Clarissa Holst betrifft – viel weiß ich nicht von der. Keiner von der BI kennt sie näher, glaube ich. Vor ein paar Jahren hat sie sich ein Haus in der Gegend gekauft. Ein sehr schönes, wie man hört."

„Verheiratet?", fragte Hamm unwillkürlich. Der Kleine grinste kumpelhaft, was Hamm unangenehm berührte. „Nicht, dass ich wüsste. Jedenfalls ist sie bei unseren Sitzungen nie mit einem Macker aufgekreuzt."

Hamm konnte es immer noch nicht fassen. Was für ein Zufall! Aber sehr praktisch. Er würde die künftige Autorin des Karwunkel-Verlags gewissermaßen vor seiner eigenen Haustür betreuen. Sie wusste nur noch nichts davon. Morgen würde er sie anrufen. Hier, bei all dem Geschnatter, war nicht der Ort für Fachgespräche.

Peters orderte zwei neue Biere. Er erzählte von den andauernden Versuchen, Söderfleth zum Vorrangstandort eines Großwindparks zu machen. Vor zwei Jahren waren Abgesandte von Wonderwind zum ersten Mal in der Gegend aufgetaucht. Sie hatten mit den Bauern, denen zusammenhängende Flächen im Gemeindegebiet Schutenholz gehörten, geheime Gespräche geführt. Die selbstverständlich nicht geheim geblieben waren.

Sechs Landwirte unterschrieben schließlich Pacht-Vorverträge. Nach den im Dorf kursierenden Gerüchten waren sie lukrativ. „Man muss die Bauern verstehen“, sagte Peters. „Vielen geht es nicht gut. Vor allem den kleinen nicht. Nur die großen Höfe kommen an die Agrarsubventionen ran, das ist Brüsseler Politik. Da ist so ein Zubrot von der Industrie was Feines. Die Bauern können die Flächen mit den Windrädern sogar weiter bestellen. Oder beweiden.“

„Und was ist mit dem siebten Bauer?“, wollte Hamm wissen.

„Genau das ist der Punkt. Ohne dessen Acker sind alle anderen wertlos. Weil er ein langes Streifenstück am Nordwestrand hat. Da muss das Kabel rüber, das den Windpark ans öffentliche Stromnetz anschließt. Wollte man sein Grundstück umgehen, würden die Anschlusskosten riesig. Dann lohnt sich das ganze Projekt nicht mehr.“

„Wie heißt der Mann?“

„Vieljans. Der Alte lebt mit seiner Familie auf einem Hof am Fluss. Die Frau und die Söhne wollen unbedingt mit Wonderwind ins Geschäft kommen. Die sind scharf auf das Geld. Er nicht. Der mag keine Windräder. Sie gefallen ihm einfach nicht. Ist so'n ganz Verstockter, zu unserem Glück.“

Bei den Vieljans hing jetzt natürlich der Hofsegen schief. Und nicht nur da. Ganz Söderfleth war gespalten und verzankt, seit die Wonderwind-Leute aufgetaucht waren. Die Bauern und ihre Clans standen gegen jene, die vom Windpark nicht nur keine Vorteile, sondern reichlich Nachteile haben würden.

Die Fronten gingen quer durch die Familien und Freundeskreise. Der Dorfarzt, ehemaliger Brokdorf-Aktivist und

Vorsitzender des Vereins „Alle Menschen sind Ausländer", war ein glühender Verfechter der Windkraft. Im Unterschied zum pensionierten Sparkassenleiter, der die Regionalgruppe des Vogelschutzbundes leitete. Der befürchtete, die Rotoren würden ganze Zugvögelschwärme zu Gulasch verarbeiten.

Clemens Grabert-von Rhönn, der Grundschullehrer und Grünen-Vertreter im Gemeinderat, war selbstverständlich für den Windpark. „Der glaubt wirklich an das Märchen von der wunderbaren Windenergie", sagte Peters. „Allerdings steckt er wohl auch finanziell in dem Projekt drin. Irgendwie."

Hamm verkniff sich die Frage nach dem Wie. Es war alles kompliziert genug. Sie tranken noch ein Bier.

Jedenfalls war mächtig was los im Dorf. Beim letzten Schützenfest hatte es gekracht. Einer der Bauern, die unterschrieben hatten, und ein Tischler, dessen Haus am Rande des geplanten Windparks lag, hatten sich nach etlichen Bieren sowie einigen Fläschchen Kleiner Feigling in die Wolle gekriegt. Vor dem Zelt hatte es heiße Ohren gesetzt. Jetzt grüßten sich die beiden nicht mehr. Kam einer in die Dorfkneipe und sah dort den anderen sitzen, drehte er gleich wieder ab.

„Das geht überall so, wo sie Windräder hinsetzen", sagte Peters. „In Nord-Heiden stechen sich Nachbarn gegenseitig die Reifen durch. Schwärzen sich bei der Polizei wegen besoffenen Autofahrens an, machen nachts Telefonterror. Leute, die sich vorher gegenseitig beim Hausbau geholfen haben, schütten den Nachbarn jetzt bei Nacht und Nebel Unkraut-Ex auf den Rasen."

Von Nord-Heiden hatte sogar das Abendblatt berichtet. Nachdem dort ein ausgedehnter Windpark den Dörflern gegen ihren erbitterten Widerstand vor die Nase gesetzt worden war, herrschte Nachbarschaftskrieg. Von bestochenen Gemeinderatsmitgliedern war die Rede und von Beziehungsfilz zwischen Wonderwind, Politikern des Landkreises und hohen Verwaltungsbeamten.

Hamm erinnerte aber, dass die Vorwürfe gegen die Windkraftbetreiber nie richtig erhärtet werden konnten. Ein Zeuge, der anfangs behauptet hatte, eine Schmiergeldübergabe beobachtet zu haben, zog seine Aussage zurück. Nicht lange danach wanderte er nach Kanada aus, seinen alten Traum verwirklichend.

Wie er wohl an das Geld für den Neuanfang gekommen war? Das fragte sich so mancher in Nord-Heiden.

Hamm schwirrte der Kopf unter dem Hagel von Informationen. Er war müde und etwas benebelt von den Bieren. Bei Ohlsen schenkten sie noch echte Halbe aus. „Eine Frage noch: Weshalb hängt sich Wonderwind dermaßen stark in Söderfleth rein? Die könnten für ihre Riesenspargel doch ebenso gut andere Flächen im Landkreis finden."

„Theoretisch ja. Aber Wonderwind muss genau dieses Projekt unbedingt durchziehen. Sie haben hier schon zu viel investiert. All die Machbarkeitsstudien, die Vorschüsse für die Bauern. Nicht zu vergessen die Schmiergelder."

Der Kleine grinste. „Die Zeit frisst die Firma auf. Nach außen hin macht sie auf hoch erfolgreich. Doch in Wahrheit steht ihr das Wasser bis zum Hals. Sie wird in drei Wochen auf einer Liste auftauchen, die eine Anlegerschutzgemeinschaft jedes Jahr herausgibt. Und zwar als eine der zehn größten Kapitalvernichter des vergangenen Jahres. Das und ein paar andere Sachen dürften den Aktienkurs weiter in den Keller treiben."

„Und woher wisst ihr das alles", fragte Hamm, dem der Kleine allmählich unheimlich wurde. Der grinste noch breiter.

„Auch wir haben Kontakte. Viele Anleger haben inzwischen gemerkt, dass sie getäuscht wurden. Die Gutachten gaukeln eine viel zu hohe Stromausbeute vor. Viele Windparks rentieren sich für die Anleger nicht, trotz der gesparten Steuern. Die Getriebe der Windräder sind oft kaputt, und zu oft weht einfach kein Wind. Dann müssen die Investoren dem schlechten Geld frisches hinterher schießen. Das Windpark-Geschäft geht längst in Richtung Offshore. Auf See bläst es stärker, die Stromausbeute ist höher, und da wohnen keine Leute, die Putz machen."

Peters sah Hamm halb um Vertrauen heischend, halb verschwörerisch an. „Wie gesagt, das Wasser steigt. Wonderwind wird alles tun, um das Projekt in Schutenholz durchzuziehen. Wirklich alles."

Was sollte das heißen? Mord im Strompreis inbegriffen? Was für eine Räuberpistole, dachte Hamm. Diese Bürgerinitiativler waren chronisch paranoid. Wer nicht für sie war, war ihr Feind. Hamm bereute plötzlich, mit Peters geredet zu haben. Einen Teufel sollte er tun, sich mit solchen Leuten einzulassen. Er verabschiedete sich und zahlte am Tresen.

Beim Hinausgehen bemerkte er unweit des Stammtisches, an dem die Bürgerinitiativler immer noch heftig diskutierten, den Typ aus der Aula. Der mit dem Notizblock. Er stand mit einem Bier in der Hand und einer Zigarette in der anderen und redete mit Clarissa Holst. Die er vermutlich abgefangen hatte, als sie von der Toilette zurückkam.

Merkwürdig, fand Hamm. Was machte der hier? Und was wollte er von ihr? Zu gern hätte er gewusst, worüber die beiden sprachen.

Langsam, der Wirkung des Bieres angepasst, fuhr er nach Hause. Kurz bevor er in die Zufahrt einbog, glaubte er ein Auto zu sehen, das im Dunklen davon fuhr, erst nach einer Weile die Scheinwerfer einschaltend. Ein Opel, wie ihm schien.

Hamm war alarmiert. Lauerte der GEZ-Mann nachts vor seinem Haus, um mit einem meterlangen Teleobjektiv ins Wohnzimmer zu spähen, in der Hoffnung, dass dort irgendwann der „Tatort"-Vorspann aufflackerte? Steckte der Notizblock-Typ mit ihm, dem GEZ-Spion, unter einer Decke? Oder bekam er, Hamm, allmählich auch Paranoia? Lag's vielleicht nur am Alkohol?

Er füllte das übel riechende Dosenfutter, auf dem Susi bei Strafe des unverzüglichen Liebesentzuges bestand, in den albern bemalten Katzennapf, den ihm eine kurzzeitige Freundin vermacht hatte. Die Katze stürzte sich unter gurgelnden Geräuschen wie eine Verhungernde darauf. Hamm kippte einen gut eingeschenkten Wodka und ging schlafen.

„Wie schaffen Sie es nur, Frauen so gut zu beschreiben?"-„Ich stelle mir einen Mann vor und subtrahiere Verstand und Zurechnungsfähigkeit."

(Jack Nicholson als Schriftsteller in „Besser geht's nicht", aus der Datei „Starke Sprüche")

6

DIE AUGEN! DIESE AUGEN! Große, maronenbraune Augen in einem hellen, kühlen norddeutschen Gesicht. Das Gesicht erinnerte ihn an eine populäre Fernsehschauspielerin, die aber graue Augen hatte. Für Hamm gingen braune Augen nicht mit nordischen Schönheiten zusammen, auf eine faszinierende Weise nicht. Wie konnte so etwas überhaupt vorkommen?

Er erinnerte sich vage an die Mendelschen Gesetze, die sie in der Schule gestreift hatten. Eine schwarze Kuh und ein schwarzer Bulle können durchaus ein schneeweißes Kalb zeugen, sofern Kuhgenerationen zuvor weiße Tiere im Stammbaum waren. Oder so ähnlich.

„Ich bin Bernhard Hamm", sagte er etwas steif, „wir haben telefoniert." Er hätte gerne irgendetwas Lockeres, Charmantes hingelegt, wie in einer französischen Komödie. Natürlich fiel ihm nichts ein. Hamm war durch und durch unfranzösisch.

„Und ich heiße Clarissa Holst", sagte die Frau, anscheinend amüsiert über den perplexen Ausdruck in seinem Gesicht. „Ich werde jetzt übrigens nicht sagen, dass es hier momentan leider etwas unaufgeräumt aussieht. Es sieht hier nämlich immer so aus."

Sie ließ ihn durch die niedrige Tür treten.

Die Diele war mit Backsteinen gepflastert. Linkerhand ging es in die Küche, die ungeheure Mengen von Töpfen, Pfannen, Geschirr und Gewürzen barg. Rechts lagen mehrere niedrige, ineinander übergehende Zimmer. Durch die kleinteiligen Fenster sah man auf Blumen, blühende Sträucher, einen Teich und einen Hühnerstall. Das Häuschen hätte den Redakteur eines Country-Magazins in freudige Erregung versetzt.

Das Leben auf dem Land, genauso stellten es sich frustrierte Metropoleninsassen vor. Was alles daran hing, Arbeit ohne Ende nämlich, merkten jene, die ihren aus schicken Hochglanz-Doppelseitenfotos generierten Traum irgendwann in die Wirklichkeit umsetzen wollten, meist eher früher als später. Immer war irgendwas kaputt, irgendwas quietschte, leckte, gab seinen Geist auf. Wer nicht den Jackpot geknackt hatte, war dauernd mit Werkzeugkasten, Akkuschrauber und Flex auf Achse.

In Clarissas Kate gab es einen Kamin, alte Ledersessel, gemütliche dunkle, etwas zerschlissene Teppiche und Brücken. Die Deckenbalken hatten tiefe altersbedingte Risse. Die Bücherregale an den Wänden übervoll. Auf dem Boden stapelten sich Zeitschriften.

Eine Ecke war als Schreibplatz hergerichtet. Auf einem Schreibtisch mit beängstigend schiefen Holzbeinen standen Laptop, Flachbildschirm und Drucker. Die Produktionsmittel eines Autors, dachte Hamm, sind erfreulich überschaubar.

Er hatte ihren Krimi in zwei Tagen gelesen. Tatsächlich, ein Pageturner. Eine ältere Künstlerin spielte die Hauptrolle. Sie lebt, natürlich, in einem Landhäuschen, das dem von Clarissa bis in Details ähnelte. Ihr Nachbar, ein undurchsichtiger Geschäftemacher, verschwindet spurlos. Die Künstlerin mit der Miss Marple-Marotte recherchiert, dass der Mann ein Doppelleben geführt hat, welches aufzufliegen drohte. Daraufhin hat er seinen Tod vorgetäuscht, sich in Wahrheit aber nach Gomera abgesetzt. Die Landfrau spürt ihn auf der kleinen Kanareninsel auf und erlebt eine Überraschung. Aber was für eine! Der quicklebendige Tote ist Guru einer Psychosekte, deren Mitglieder betuchte Bekloppte erst einwickeln und sodann ausnehmen.

Schöner Plot, fand Hamm. Nah an der Realität gebaut. Eine zerknitterte, dem Trunke nicht abgeneigte, auf gute Art zynische Schachtel mit einem gewissen Sexrestbedürfnis, sozusagen das Spiegelbild des späten Robert Mitchum – das funktioniert. Vor allem beim weiblichen Publikum. Die Frauenblätter werden es hymnisch rezensieren. Kann man sofort fürs Fernsehen verfilmen. Vielleicht sogar eine ganze Serie aus der Figur machen.

„Clarissa – ist das Ihr Künstlername?", fragte er spontan.

Leichtes Lachen. „Wohl der Versuch meiner Eltern, mich für die Banalität des Nachnamens zu entschädigen." Tatsächlich gab es in der Gegend Holste zuhauf.

„Ich finde ihren Roman wirklich gut", sagte er. „Ehrlich. An einigen Passagen muss noch poliert werden. Schaffen wir in einer Woche." Den letzten Satz bereute er sofort. Von ihm aus konnte die Sache ruhig etwas länger dauern. „Was tun Sie, wenn Sie keine Krimis schreiben?"

„Dann bin ich freie Journalistin", sagte sie. „Freiheit bedeutet, frei zu sein von festen Einnahmen." Sie lachte wieder federleicht. „Quatsch, ich kokettiere nur. In Wahrheit bin ich ganz gut im Geschäft. Psycho-Serien, Interviews mit den üblichen Powerfrauen, Reisestücke. Für die gehobene Weiberpresse."

Hamm las keine Frauenzeitungen. In seiner Ehezeit hatte er manchmal in den bunten Journalen geblättert, die Inge mit nach Hause brachte. Wer so etwas liest, hatte er zu Inge oft gesagt, dem gehört das Wahlrecht entzogen. Mit Inge war auch sein medialer Draht zur Welt der Frauen entschwunden.

Er begann, das zu bedauern.

„Wo kann man Ihre Artikel lesen?", fragte er. Sie lächelte wieder, als spürte sie, was er von Frauenblättern hielt. Dennoch nannte sie ein paar Titel.

„Oder googlen Sie einfach meinen Namen. Seien Sie aber nicht enttäuscht. Mein Name ist Holst, nicht Handke."

„Was für ein Glück", warf er ein.

„Am besten zahlt natürlich die Marktführerin." Sie wies auf ein Heft, das auf dem Fensterbrett lag. Das in Hamburg erscheinende Frauenmagazin brachte im vorderen Teil seitenlang Schminktipps, stellte Cellulite-Crèmes vor und beriet Frauen, die von ihren Männern betrogen wurden oder sich zu dick fühlten. Im hinteren Teil standen Reportagen über berühmte Schauspielerinnen und so genannte Powerfrauen im hektischen Wirtschaftsleben.

Die Titelgeschichte des aktuellen Heftes lautete: „Mitte 30 und jetzt? Kein Mann, kein Kind, kein Eigenheim – große Freiheit oder nix erreicht?" las Hamm. Clarissa folgte seinem Blick.

„An dem Dossier habe ich auch mit gearbeitet."

„Und? Was dabei gelernt?", fragte Hamm und dachte im selben Moment: Vorsicht! Das kam vielleicht nicht so gut; viel zu intim die Frage. Aber Clarissa Holst, Journalistin frei-von-festen-Einnahmen und angehende Buchautorin des renommierten Karwunkel-Verlags mit seinem prächtigen Domizil in der Freien und Hansestadt Hamburg, schien die Frage erwartet zu haben.

„Ein Eigenheim habe ich schon." Sie wies nacheinander auf alle vier Zimmerwände. „Am schäbigen Rest arbeite ich noch."

Später, sprach Hamm zu sich selbst. Später. Jetzt nicht

weiterfragen. Alles zu seiner Zeit. Klar, eine Frau, die so fabelhaft aussah wie Clarissa und allein im Moor lebte, musste eine Leiche im Keller haben. Beziehungsweise auf dem Dachboden, denn Keller hatten die im feuchten Moor gebauten Häuser selten. Natürlich war da irgendwo ein kleines Geheimnis. Aber das würde er noch früh genug knacken. Sie zog es unterdessen vor, das Gespräch auf ein anderes Gleis zu bringen.

„Ab und an mach' ich was Anspruchsvolles. Selbstverwirklichung, wenn Sie so wollen. Auch für kleine, unbedeutende Blätter, die lausig oder gar nicht zahlen."

„Themen?"

„Über Mädchen zum Beispiel, die in die rechtsradikale Szene gerieten, und wie sie da wieder raus kamen. Mutmacher-Geschichten eben."

„Wie haben Sie das recherchiert? Ist das nicht gefährlich, den Braunen in die Suppe zu spucken?" Hamm selber hatte mit dem Nazi-Thema nie etwas zu tun gehabt.

„So gefährlich nun auch wieder nicht. Ich hab' mich für eine Zeit in die Szene eingeschmuggelt, bin zu Versammlungen und Demos der Rechtsradikalen gegangen, undercover sozusagen. Man muss da ein bisschen schauspielern und auch mal saublöde Dinge sagen, um nicht aufzufallen. Und man sollte seinen Personalausweis nicht herumliegen lassen. Und am Ende den Artikel besser unter Pseudonym veröffentlichen. Sie kennen das ja. Sie waren doch auch Journalist, nicht war?"

Verdammt! Hamm schätzte Clarissa auf Mitte dreißig. Vor zehn Jahren war sie Mitte zwanzig gewesen. In dieser Zeit hatte sie offenbar Artikel von ihm gelesen. Hoffentlich nicht auch die Artikel über ihn.

Die hatte es damals reichlich gegeben. Er war die Hauptfigur eines Skandalstücks gewesen. Danach hatte er nie wieder etwas anderes geschrieben als Klappentexte für Bücher.

Er antwortete vage: „So was Ähnliches, ja. Was machen Sie eigentlich mit den Hühnern, wenn sie nicht hier sind? Ich stelle mir vor, Sie reisen viel."

Sie zeigte ihm den Hühnerstall, das Katzenhaus mit dem Trockenfutter-Automaten für ihre drei halbwilden Streuner. Ferner, mit Stolz, den mit Seerosen überzogenen Teich hinterm Haus. Eine verwitwete Nachbarin besserte ihr Haushaltsgeld auf, indem sie Clarissas Haus und Garten in Schuss hielt und die Hühner fütterte. Bewachung rund um die Uhr inklusive.

„Ich hab' Sie bei den Windkraftgegnern gesehen", sagte Hamm in der ihm eigenen Sprunghaftigkeit. „In Ohlsens Gasthof."

Sie nickte.

„Ich schreibe denen von der BI manchmal Presserklärungen. Oder texte Flugblätter."

„Warum? Hier bei Ihnen in Norderfleth tut sich doch gar nichts, windkraftmäßig."

Clarissa machte eine Handbewegung, die Ungeduld ausdrückte oder einen wie auch immer gearteten Zusammenhang unterstreichen sollte. „Darum geht es mir nicht. Ich finde es einfach schlimm, wie sie den ganzen Norden kaputt machen mit diesen Spargeln."

„Hmm. Direkt kaputt sieht's bei uns ja nun nicht aus..."

„Noch nicht. Waren Sie in der letzten Zeit mal in Schleswig-Holstein? Oder in Dänemark? Ein einziges Rotorenfeld."

„Schön finde ich die Dinger auch nicht gerade. Aber Windstrom ist wenigstens sauber."

„Ehrlich gesagt, ich verstehe nicht viel von Technik", gab Clarissa zu. „Aber eines weiß ich: ein Emil Nolde fände hier heutzutage keine Landschaft mehr vor, die sich zu malen lohnte. Vogeler, Modersohn und die anderen Worpsweder auch nicht."

„Die besaßen auch keine Geschirrspülmaschine, keinen Wäschetrockner, keinen Elektroherd, keinen Fernseher. Wenn sie damals überhaupt schon Strom hatten in ihren Hütten." Sofort ärgerte sich Hamm, dass er eine Diskussion vom Zaun gebrochen hatte. Clarissa war schließlich auch nur eine Frau, rationalen Einwänden also begrenzt zugänglich. Eine reichlich attraktive Frau allerdings, wie er fand, als sie ihn jetzt anlächelte.

„Sie haben ja Recht. Wir sind heutzutage ziemlich verwöhnt. Vergessen gern mal, dass Zivilisation einen Preis hat. Möchten Sie übrigens einen Espresso aus meinem High-Tech-Kaffeeautomaten, der Strom schluckt wie eine Aluminiumfabrik?"

Hamm bejahte, dankbar dafür, dass er noch ein Weilchen bleiben durfte. Während sie in der Küche hantierte, sah er sich in ihrem Wohn-Arbeitszimmer um. Die Bücher in den alten Billy-Regalen, deren Bretter sich unter ihrer Last leicht nach unten wölbten, gefielen ihm. Moderne amerikanische Literatur, ein paar Franzosen und Südamerikaner, die deutsche Gegenwart von Mann über Brecht bis Walser, Krimiklassiker, Kochbücher, Fotokunst, Biografien. Kein Beziehungskomödienschrott, kein Psychoquark, kein Ratgeberblödsinn.

In der unteren Sektion eines Regals bemerkte er zwei Leitz-Ordner. Sie waren mit Stichworten beschriftet, „DVU Delmenhorst" und „Kameradschaftstreffen Neumünster". Er zog einen heraus und stieß auf sorgsam abgeheftete ideologische Traktate, Flugblätter, Lageskizzen, Liedtexte, Ausschnitte aus rechtsradikalen Blättern. Clarissas Recherchenmaterial zu ihrer Aussteigergeschichte. Fleißig, fleißig. Sie hatte alles archiviert, was sie aus den völkischen Sümpfen der Umgebung fischen konnte.

Als sie mit den Espressi kam, sah er die Gelegenheit, eine in Smalltalk verpackte Ausspäh-Frage los zu werden.

„Ist es auf dem Land nicht ziemlich einsam, auf die Dauer, für eine Frau?"

Was er eigentlich erfahren wollte, war natürlich, ob sie allein lebte. Bis jetzt hatte er kein Indiz für einen männlichen Mitbewohner entdecken können.

Sie lachte. Hatte sie ihn durchschaut?

„Fühlen sich Landfrauen einsamer als Stadtfrauen? Wäre mir neu. Es gibt auch hier... Events." Sie dehnte das Modewort ironisch. „Jedenfalls im Sommer. Nächsten Samstag zum Beispiel. Da ist das große Fest bei von Rhönn. Kommen Sie auch?"

Hamm entsann sich, dass immer im Hochsommer eine ortsbekannte Künstlerin eine Art Hommage auf sich selber veranstaltete.

„Ich bin nicht eingeladen."

„Niemand wird dazu eingeladen. Das ist so etwas wie eine öffentliche Veranstaltung. Wenn auch mit kommerziellem Hintergedanken."

Hamm erklärte, er werde es sich überlegen. Eigentlich hasse er Menschenaufläufe.

Der zweite Satz war korrekt, der erste gelogen. Natürlich würde er kommen! Die Aussicht, mit Clarissa Wein zu trinken, hätte ihn sogar in die vollbesetzte Dortmunder Westfalenhalle getrieben.

Er versprach, ihr Manuskript innerhalb einer Woche zu redigieren und die Änderungen mit ihr durchzugehen. „Der Karwunkel-Verlag nimmt seine Autoren sehr ernst", prahlte er. Was, so gesagt, eine neuerliche Lüge darstellte.

Beim Hinausgehen stieß er sich den Kopf am Türrahmen. Das Haus, hatte Clarissa erzählt, sei über 200 Jahre alt. Früher waren die Menschen deutlich kürzer als heute gewesen. Wahrscheinlich aber nicht viel blöder.

Er öffnete Fenster und Schiebedach, ließ die Sommergerüche in den Wagen und rief Karwunkel an. Wie er sie fände, die neue Autorin, fragte der Verleger. Hamm sagte spontan: „Sie hat sehr schöne Augen."

„Haha!" Karwunkel stieß seine schmutzigste Lache aus. Was sonst war von ihm zu erwarten? In seinem Humorkosmos standen schöne Augen für dicke Titten, pralle Möpse, volle Euter. Der Baumarkt war nie ganz aus ihm raus zu kriegen.

Unwirsch knurrte Hamm: „Sie hat wirklich schöne Augen. Und das Buch liest sich richtig spannend. Bescheiß sie nicht, wenn ihr den endgültigen Vertrag macht. Die Frau hat Potenzial. Und tschüss." Er drückte das Gespräch weg. Er wusste, es hatte keinen Zweck, an Karwunkels Ehre zu appellieren. Einzig die Aussicht auf Image-Beute konnte den Egomanen großzügig stimmen.

Abends zog Hamm im Wohnzimmer die Gardinen zu. Er wollte fernsehen. Keine Chance dem GEZ-Spion! Beim Zappen durch die Programme staunte er wie immer über das Ausmaß von Vulgarität und Stumpfsinn, das sich quer durch die Programme zog.

Comedy war nur ein anderes Wort für Stammtischzoten. Action hieß, es wurde sinnlos herumgeballert, geprügelt, es wurden Autos zerlegt. Die Dialoge lagen auf dem Sprachniveau einer Hauptschule in Berlin-Neukölln. In Sexszenen fielen die Figuren stets übereinander her wie Kannibalen und rissen sich die Kleider vom Leib, was nach Hamms Erfahrung in der Realität sehr selten vorkam. Immerhin verlangten die Privatsender für ihren Dreck keine Gebühren.

Die einzige passable Sendung des Abends lief auf einem öffentlich-rechtlichen Programm. Die Darstellerin einer desillusionierten, zerknautschten Kommissarin spielte sehr glaubhaft. Diese Frau in der Rolle von Clarissas Künstlerin, das wäre die geniale Besetzung! Hamm sah unerhörte Einschaltquoten am Horizont. Vielleicht lief die Chose umgekehrt herum? Vielleicht würde das Buch durch die Verfilmung ein Bestseller? Alles schon da gewesen.

Er nahm sich vor, die TV-Vermarktung selber anzuleiern. War er nicht ein gestandener Medienprofi? Jedenfalls gewesen. Wäre damals die Sache auf Summerisle nicht passiert, so würde er heute eine eigene Fernsehsendung moderieren. Oder wäre Chefredakteur eines Kulturmagazins. Etwas in dieser Liga.

Und er hätte auch noch seine Frau.

Dass ihm speziell am Letzteren noch sehr viel lag, bezweifelte er allerdings.

„Ein wahrer Mann ist ein Mann, in dem immer noch ein Kinderherz schlägt."

(Mickey Rourke in „Das Jahr des Drachen")

7

OB DER ALTE CARSTENS DURCHKOMMEN WÜRDE? Bei Böttcher gab es keinen, der darauf gewettet hätte. Im einzigen Lebensmittelladen des Dorfes herrschte an diesem Morgen Auftrieb. Böttcher war das Kommunikationszentrum von Söderfleth, bis am späten Nachmittag der Gasthof öffnete.

Hamm war mit dem Fahrrad zum Brötchenholen ins Dorf gefahren. Für ihn war die Nachricht neu, obwohl sie schon ihre Runden gedreht hatte. In der letzten Nacht war ein Kuhstall auf dem Carstens-Hof in Brand geraten. Der Alte, halb bekleidet und wie irre, hatte versucht, das Vieh vor den Flammen zu retten. Das war ihm auch gelungen, allerdings um den Preis einer schweren Rauchvergiftung. Jetzt lag er im Krankenhaus der Kreisstadt auf der Intensivstation.

Soweit die Buschtrommel.

Wie konnte der Brand überhaupt entstehen? Kabelbrand, glaubten einige. Andere tippten auf Selbstentzündung der Heuballen. In ihnen konnten sich enorme Temperaturen entwickeln, wenn das Gras bei der Mahd zu nass gewesen war.

„He het dat warm verköpt", krähte Willy, der Dorftrottel.

Willy war von beeindruckender Einfalt. Einmal hatte er bei Böttcher eine vergessene EC-Karte mitgehen lassen und damit im Supermarkt der Kreisstadt eingekauft. Seine ungelenk gefälschte Unterschrift war der gestressten Kassiererin nicht aufgefallen. Aufgeflogen war er nur, weil er auch einen Antrag auf Teilnahme am Rabattpunkte-Programm ausgefüllt hatte, inklusive seiner Adresse. Wäre Blödheit ein Straftatbestand, Willy hätte Sicherheitsverwahrung gekriegt.

Im Prinzip war sein Verdacht freilich alles andere als abwegig. Traditionell wurde die Hälfte aller Brände in der Gegend von den Besitzern der abgefackelten Scheunen, Stallungen und Schuppen selber gelegt. Kam ein Bauer in die finanzielle Bedrouille, beschaffte er sich auf diese Weise bei seiner Versicherung Überbrückungsgeld.

Allerdings steckte keiner einen Stall an, in dem Vieh stand, um es dann auch noch unter Lebensgefahr zu retten. Nein, ein „warmer Verkauf" schied aus.

„Carstens' Hof ist nicht versichert", wusste Fiete Cordes zu berichten. Der Elektriker war um einige Ecken mit der Carstens-Sippe verwandt, wie alle in Söderfleth mit allen verwandt zu sein schienen.

„Der Alte hat den Vertrag schon vor Jahren gekündigt. War ihm zu teuer."

Wenn es so war, blieben nur zwei Möglichkeiten. Selbstentzündung – oder Brandstiftung. Komisch, dachte Hamm. Ausgerechnet jenem Bauern, der die Windparkpläne – Bürgerwindparkpläne – stört, brennt die Hütte ab.

Für den Alten würde es jetzt eng werden. Die Sippe würde ihm vermutlich die Hölle heiß machen, endlich den Pachtvertrag mit Wonderwind zu unterschreiben. Falls er überlebte. Falls nicht, umso besser für Wonderwind. Was fragt der kluge Kommissar in solchen Fällen? Cui bono? Wem nützt es?

Er rief Peters an. Don Quixote war längst im Bilde. „Ist das Windpark-Ding somit gelaufen?", fragte Hamm.

Peters schien die Ruhe selbst. „Kommt drauf an."

„Auf was?"

„Wie die nächste Runde ausgeht. Wenn der Gemeinderat die Flächen nicht als Vorrangstandort nach Bremerhaven meldet, kann Wonderwind so viel Land pachten, wie sie will. Dann ist der Windpark gestorben."

„Und wie wird der Rat entscheiden?"

„Bin ich Jesus? Im Moment haben wir ein Patt. Drei Ratsmitglieder sind pro, drei contra. Das Zünglein an der Waage ist Knut Heinsohn vom Freien Wählerbund. Keiner weiß, wie der stimmen wird. Wahrscheinlich nicht mal er selber."

„Oder der Kerl ist ein eiskalter Pokerspieler. Wie die Bauern in Brokdorf damals. Manche taten so, als wären sie aus moralischer Überzeugung gegen das AKW. Von wegen Strahlentod und so. Der Stromkonzern ging immer höher mit den Angeboten. Schließlich verkauften die Burschen doch. Und kassierten Vermögen für ihre matschigen Äcker."

„Sie können einem aber Mut machen, mein Lieber. Hören Sie sich doch selbst an, wie die Sache läuft. Die Sitzung ist nächsten Dienstag. Wenn wir siegen, besaufen wir uns. Wenn nicht, auch. Sie sind in jedem Fall eingeladen."

Okay, dachte Hamm. Schauen wir mal. Ihm begann die Sache Spaß zu machen. Wie ein Westernduell kam es ihm vor. Er sah das Ganze sportlich. Windkraft – Segen oder Quatsch? Wer wollte das entscheiden.

Aber das hier, das war ein Fight. Die Gegner waren ungleich, und auch wieder nicht. Hamm musste zugeben, dass der kleinwüchsige Gewerbepauker, diese grauenhaft angezogene Nervensäge, ein verdammt guter Kämpfer war.

„Lookin' for trouble? You're in the right place. Lookin' for trouble? Look right in my face."

(Elvis Presley, aus der Datei „Starke Sprüche")

8

OH WUNDER! DER BOTE MACHTE SEINEN LOKALTEIL mit dem Stallbrand auf. Statt „Gelungenes Fest der Feuerwehrjugend" oder „Riesenstimmung beim Schützenball" hieß die Schlagzeile heute: „Mysteriöser Brand bei Windkraft-Gegner". Der Bericht beschrieb die Verhältnisse in Söderfleth durchaus kenntnisreich. Windkraftgegner und -befürworter kamen gleichermaßen zu Wort.

Peters war mit einem geschickt formulierten Zitat vertreten. Es schob die Verantwortung für den Brand unmissverständlich auf Wonderwind, ohne dass man ihm oder der BI daraus einen juristischen Strick drehen konnte. „Interessierte Kreise" seien sicherlich „nicht unzufrieden" mit dem „ungewöhnlich gut getimten Zufall". Hamm freute sich wie ein Zuschauer am Boxring, der einen gelungenen Uppercut beobachtet.

Der Bote steckte in einer Zwickmühle. Einerseits wussten die Redakteure: Windkraft war seit Jahren das Thema Nummer eins in seinem Verbreitungsgebiet. In vielen Orten gab es Streit, Handgreiflichkeiten, Vorwürfe über Korruption und Amtsmissbrauch, Verleumdungsklagen. Seit der Goldrausch der Windkraftindustrie eingesetzt hatte, war die Gegend in Aufruhr. Die Leute verschlangen alles, was darüber in der Zeitung stand.

Andererseits schalteten die Windkraftfirmen, allen voran Wonderwind, jede Menge Anzeigen im Boten. Dafür verlangten sie ein freundliches redaktionelles Umfeld. Angriffe auf die Betreiber hätten früher oder später dazu geführt, dass die Inserate zum konkurrierenden „Deichkurier“ abgewandert wären.

Der, ein kostenloses Anzeigenblättchen, erschien in hoher Auflage. In seinen pseudoredaktionellen Spalten kamen Windkraftgegner so gut wie nie zu Wort. Kurz, der Deichkurier war so korrupt, wie der Bote zu sein sich erfolglos mühte.

Hamm kannte Kurt Gillmann, den Chefredakteur des Boten, von einer Veranstaltung in der Kulturdeel, die er vor knapp einem Jahr moderiert hatte. Ein junger Autor des Karwunkel-Verlages trug da wilde Gedichte vor. Das Publikum bestand aus Landhaus-Besitzern, Barbourjacken-Trägern und Audi Quattro-Fahrern, manchmal alles auf einmal. Das echte Landvolk hatte sich gedrückt. Schlauerweise, denn der Jungpoet rezitierte überwiegend obszönes, komplett durchgeknalltes Zeug.

Nach der heftig beklatschten Schrei-Lesung im Stil des frühen Kinski hatte Gillmann den im Grunde schüchternen, gutartigen Lyriker interviewt. Später haute er sich an der Bar der Kulturdeel eine Reihe von Bieren und Körnern hinter die Binde. Hamm, der ebenfalls zu gelegentlichem Alkoholabusus neigte, hielt wacker mit.

Gillmann hatte Hamm dann sturzbachartig sein ganzes geknechtetes Herz ausgeschüttet. Es war, als habe er Jahrzehnte auf diese Gelegenheit gewartet. Aus der Suada: „...nur Scheiße. Du machst nur Scheiße. Den ganzen Tag Scheiße. Du bist der Affe. Du weißt alles. Aber schreiben, schreiben darfst du nix. Gar nix. Dafür wirst du bezahlt. Und zwar beschissen. Scheiße, äh Prost, Bernhard."

Hamm war ein kreativer Zuhörer. Er registrierte, sortierte und bewertete die eingehenden Texte. Gelegentlich brachte er sein Gegenüber mit kurzen Fragen zurück auf Kurs, wenn sich dieser zu sehr zu verzetteln drohte. Er staunte. Gillmann kannte Geschichten, die Lokalpolitiker den Kopf, Geschäftsleute ihre Kundschaft und Gastronomen die Lizenz gekostet hätten. Wären sie denn gedruckt worden.

Doch sie waren für Gillmann absolut wertlos. Er bekam nicht einmal Schweigegeld angeboten. Jedermann wusste: Der Bote würde nie etwas veröffentlichen, was ihm auch nur eine Annonce in Größe einer Sonderbriefmarke verhagelt hätte. Dafür bürgte der Verlag, ein altes, pfennigfuchserisches Familienunternehmen.

„Bei den großen Medien ist es kein bisschen anders als bei euch", tröstete ihn Hamm. „Keiner legt sich wirklich mit den Autokonzernen an. Keiner mit den Energieriesen. Keiner mit der Pharmalobby. Überall das gleiche Spiel."

Gillmann hatte sich schnell wieder gefangen. Scharf besehen schien er nicht sonderlich unter der Situation zu leiden, die er eben noch theatralisch bejammert hatte.

Das ist einer von denen, die dir in hohem Bogen vor die Füße kotzen, ärgerte sich Hamm. Du stehst belämmert da, und der fühlt sich pudelwohl, nachdem er dich als Mülleimer missbraucht hat. Dafür soll er jetzt mal löhnen. Er rief den Boten an und ließ sich zum Chefredakteur durchstellen.

„Der Kitsch ist und bleibt das Böse im Wertesystem der Kunst."

(Ernst Bloch, aus der Datei „Starke Sprüche")

9

DER HOF LAG ABSEITS DER LANDSTRASSEN. Man musste ihn über schmale Teerwege ohne befestigten Randstreifen anfahren. Die Strecke war gut ausgeschildert, mit Pfeilen, auf denen „Atelier von Rhönn" stand. Als Hamm in die Einfahrt bog, lotste ihn ein schwarzhaariger Bursche in Gummistiefeln auf ein mit Plastikband wie einen Tatort umgrenztes Wiesenstück. Da parkte eine Kollektion von Kreuzern der oberen Mittelklasse aus den nahen Städten und Landkreisen. Kantige Geländewagen und schicke SUVs stellten ein Viertel der Flotte.

Die Sonne stand hoch am Himmel, das Fest war im vollen Gange. Auf dem weitläufigen Platz zwischen dem Haupthaus und den Nebengebäuden saßen die Besucher auf rustikalen, grau verwitterten Holzbänken. Mal nicht die übliche Bierzeltfolklore mit Bänken aus dem Baumarkt – das hatte was.

Das Haupthaus war 1799 erbaut worden, wie der Haussegen über dem Scheunentor verriet. Mauerwerk, Fachwerk und Reet befanden sich in einem Zustand, der nach lichterloher Geldverbrennung roch. Vor der niedrigen Eingangstür offerierten drei Mädchen in ländlichen Kostümen auf Tabletts Bio-Apfelsaft, wahlweise Prosecco.

In der Diele war ein Buffet aufgebaut, umkränzt von getrockneten Blumen, Nüssen und Ähren. Schildchen informierten darüber, dass es sich – abgesehen vom Serranoschinken, den Antipasti und den eingelegten Gambas – über die mild geräucherte Mettwurst bis hin zum ultrascharfen Ziegenkäse ausschließlich um Produkte aus der Region handelte. Von Rhönn-Feste standen im Ruf, ländlich-opulent, aber nicht großstädtisch-dekadent zu sein. Hamm lud sich einen kleinen Teller voll und drehte eine Runde.

Die Szene war ein Who is who der Gegend. Der Bürgermeister der Samtgemeinde war erschienen, ebenso einige Großkopfeten aus der Verwaltung. Der Leiter der Waldorfschule, ein Landtagsabgeordneter, ein Redakteur des Boten, sogar eine Dame vom Feuilleton des Abendblattes. Und alles, was im Umkreis von 50 Kilometern malte, zeichnete, töpferte, bildhauerte, reimte oder Prosa schrieb, war hier versammelt. Vielleicht, um zu kiebitzen.

Sieglinde von Rhönn-Grabert war eine Brünette um die Fünfzig, gut erhalten, noch besser angezogen, mit einem etwas zu herben Zug um den Mund. Im Untergeschoss des Haupthauses, das zu zwei Dritteln in eine Galerie mit angeschlossenem Poster-Shop verwandelt worden war, unterhielt sie die Besucher. In der Hauptsache handelte es sich um Besucherinnen, die mit dem Prosecco-Glas in der Hand die Rhönnschen Landstriche abschritten.

Wie Hamm aufgeschnappt hatte, malte sie neo-worpswedisch. Motive wie Bauernkaten, Birkenreihen, Entwässerungsgräben und Torfmoore bildeten das worpswedische Element. Neo war der kräftige, schnelle Strich, die verfremdeten Farben und die seltsame Kälte, die von den Bildern ausging. Sie waren technisch nicht schlecht, fand Hamm. Aber sie hatten keine Ausstrahlung.

Er ging auf die Malerin zu, als sie für einen Moment alleine stand, deutete eine Verbeugung an und stellte sich vor. „Sie haben es wunderbar hier", lobte er, um nichts zu den Bildern sagen zu müssen. Sie sah freundlich und desinteressiert durch ihn hindurch.

„Es hat viel Arbeit und Ideen gebraucht", sagte sie. Wahrscheinlich zum dreitausendsten Mal. Hamm war froh, als sich eine aufgekratzte Freundin auf die Malerin stürzte und sie rücksichtsfrei mit Beschlag belegte. Er hob die Hand und drehte ab. Am Eingang erkannte er das freundliche Mondgesicht der Frauenbeauftragten seiner Samtgemeinde.

Auf dem Land wimmelte es von Frauenbeauftragten, ein Relikt der letzten Regierung. Gleichzustellen gab es wenig, da in den kleinen Orten noch die überkommene Rollenteilung vorherrschte. Die häusliche Gewalt wurde diskret abgewickelt. Und an die einzigen wirklich Unterdrückten, die muslimischen Frauen und Mädchen aus der Migrantenszene, kam frau schon gar nicht heran.

Die Beauftragte saß im Erstberuf auf einer halben Pastorenstelle. Auf der anderen Hälfte hockte ihr Mann. Von dem hieß es im Dorf, er habe ein Verhältnis mit der Besitzerin der Pferde-Deckstation. Was immer wieder für wohlfeile Wortspiele sorgte. Der halbe Pastor war auch da. Er sah aus, als könne er kein Wässerchen trüben.

Alle waren da. Nur Clarissa nicht. Hamm kam sich vor wie bestellt und nicht abgeholt. Schließlich war er nur ihretwegen gekommen. Ziegenkäse essen oder Provinzgrößen begucken konnte er überall. Er hielt nach einem Platz Ausschau, von wo er den Hof überblicken konnte, als er plötzlich die Haarmatte des Künstlers Templin entdeckte.

Hamm setzte sich zu ihm.

„Ich dachte immer, Künstler wären viel zu eitel, um die Werke anderer Künstler zu würdigen", frotzelte er.

„Da drinnen hängt keine Kunst", korrigierte ihn Templin.

„Da hängt Müll. Na, sagen wir, Kunstgewerbe. Mit Betonung auf Gewerbe."

„Eines, das anscheinend floriert. Haus und Grundstück müssen ein Vermögen gekostet haben. Und was das an Unterhalt kostet..."

„Florieren ist geprahlt. Die Bilder sind auf dem Kunstmarkt so gut wie nichts wert. Geld kommt allein über die Drucke rein. Sie beliefert Hotelketten mit dem Zeug. Das langt aber höchstens für eine hübsche Moorkate, nicht für diese Ranch."

„Vielleicht hat sie gut geerbt? Von Rhönn, das klingt irgendwie adlig."

„So genannter Bauernadel, hat nichts zu bedeuten. Das Von hat hier jeder Zweite im Namen."

„Und ihr Mann, was macht der?"

Templin grinste. „Von seinem Lehrer-Lempel-Gehalt kann der gerade mal 'ne Dreizimmerwohnung bezahlen. Aber Geld macht er doch. Und nicht zu knapp."

Laut Templin lief es so: Nur der kleinere Teil des Hofes war als privater Wohnraum der Eheleute Grabert-von Rhönn beziehungsweise als gewerbliche Galerie gemeldet. Das gesamte Obergeschoss hatte ein Hamburger Seminarveranstalter gemietet. Er veranstaltete Workshops, die auch als Bildungsurlaub zu buchen waren.

Etwa die Seminarreihe für Frauen „Innehalten auf dem Lebenspfad" nach der Methode themenzentrierte Interaktion, geleitet von der diplomierten Ehe-, Familien- und Lebensberaterin Dr. Regula Thewes-Özal. Deren eigene Ehe sei übrigens so gut wie im Eimer, petzte Templin.

Die großen, ausgebauten Nebengebäude – insgesamt vier – waren an Institute aus dem Umweltbereich vermietet. Sie erstellten Gutachten, Studien oder Fauna- und Flora-Kataster, welche bei Bauplanungen von interessierter Seite aus der Schublade gezogen wurden. Öffentliche oder private Großvorhaben wie Straßen oder Industrieansiedlungen wurden darin prinzipiell als umweltschädlich eingestuft.

Clemens Grabert saß im Beirat einer Stiftung, die den Grünen nahe stand und einschlägige Aufträge vergab. Unter anderem an Institute, die sich ganz oder mit einer Dependance bei Grabert eingemietet hatten. Im Grundbuch stand der Hof nicht unter seinem Namen, sondern unter dem seiner Frau. Ungeachtet des privaten Anstrichs der Stiftung ernährten sich sämtliche Institute und deren Projekte und Studien auf irgendeine – manchmal höchst verschlungene – Weise aus Steuermitteln.

„Alle Achtung", sagte Hamm mit ehrlicher Bewunderung. „Das heißt, die lassen sich das Ganze von anderen finanzieren?" Templin nickte.

„Genial, nicht? Ideen muss der Mensch haben. Und Beziehungen, natürlich."

Hamm versuchte, in all dem Gewusel Clarissa auszumachen. Fehlanzeige. Er stand auf und sah sich mit verschärftem Interesse auf dem Anwesen um. Das Nebengebäude zur Linken war einst wohl eine große Scheune gewesen.

Hamm trat in einen gepflasterten, mit Fußbodenheizung versehenen Vorraum. In den anschließenden Räumen residierte laut Türschildern ein „Institut für nachhaltige Raumordnung" sowie das „Maritime Feldforschungszentrum e.V.".

Er entsann sich, davon gelesen zu haben. Das Zentrum klagte gegen das Finanzamt. Es ging um die steuerliche Absetzbarkeit eines historischen Kutters, welche die Behörde verweigert hatte. Sie argumentierte, das Boot werde zu reinen Vergnügungszwecken genutzt.

Dagegen behauptete das Zentrum, man habe den Kutter einzig deshalb angeschafft, um ein „permanentes Monitoring" von Elbemündung und Wattenmeer zu ermöglichen. Worin das Monitoring konkret bestand, wurde seit einiger Zeit von Gutachtern untersucht. Der Streit hatte es unter der

Schlagzeile „Traumschiff auf Staatskosten“ sogar in ein überregionales Boulevardblatt geschafft.

Das Schild auf der dritten Tür lautete: „ReNew PR“. Darunter, klein: „Öffentlichkeitsarbeit für erneuerbare Energien“. Hamm hörte Satzfetzen. „...diesen Provinzheinis einheizen...uns doch egal, wie Sie das anstellen...endlich was für das viele Geld tun, das wir Ihnen zahlen...“

Er wollte sich gerade zum Ausgang wenden, als die Tür aufging. Im Hintergrund konnte Hamm eine Diskutantenrunde ausmachen. Tapfer, dachte er. Die arbeiten sogar am Wochenende. Sogar, wenn auf dem Hof die Kuh steppt. Die eigentliche Überraschung aber war der Mann, der im Türrahmen stand. Hamm sah ihn nun schon zum dritten Mal.

Es war der Typ mit dem Notizblock.

Hamm beschloss aus einer Laune heraus, ihm auf den Zahn zu fühlen. Sein „Hallo!“ klang, als begrüße er einen alten Bekannten. „Wir kennen uns. Von der Windkraft-Anhörung in Söderfleth.“

„Ehrlich gesagt...“ Der andere guckte irritiert.

„Sicher haben Sie mich nicht bemerkt. Ich war ja bloß Zuhörer. Sah Sie Notizen machen. Sind Sie Journalist?“

„Autor. Ich schreibe ein Buch über die – Kontroverse. Den Kampf pro und contra Windkraft. Am Beispiel eines Dorfes. Söderfleth pars pro toto. Sie verstehen.“

Hamm nickte. Noch ein Autor. Alle Welt schrieb. Gab es niemanden mehr, der etwas ganz Normales machte? Steine verlegen, zum Beispiel. Er fahndete schon ewig nach einem schlichten Handwerker, der seine Auffahrt erneuern sollte. Vergebens. Schien, als wären alle Pflasterer ins Autorenfach gewechselt.

„Und dafür recherchieren Sie bei den Windkraftfirmen?“

„Natürlich. Und bei den Gegnern. Bei allen Parteien. Das gebietet die Fairness.“ Er lächelte überlegen. „Wissen Sie, ich komme aus dem Journalismus.“

Ich auch, Torfkopp, dachte Hamm. Und daher weiß ich: Was man im Journalismus garantiert nicht lernt, ist Fairness. Fairness ist verboten. Bei Strafe des Rausschmisses. Selbstredend hat ein guter Journalist von vornherein zu wissen, was er schreiben wird.

Recherchen? Sind dazu da, die Arbeitshypothese zu belegen. Wie hatte ein britischer Feuilletonist das Wesen des Journalismus auf den Punkt gebracht? „Alles, was man braucht, ist eine Handvoll Vorurteile, ein paar Meinungen aus zweiter Hand und zehn Minuten freie Zeit". Hamm selber pflegte es scherzhaft so zu formulieren: „Journalismus ist die Summe aller Unappetitlichkeiten, die er zu bekämpfen vorgibt."

Hamm gab sich beeindruckt. „Interessant. Wann kann man das Buch lesen? Wo erscheint es?"

„Steht noch nicht fest. Ich habe verschiedene Verlags-Optionen. Econ oder Droemer. Beide sehr interessiert."

„Das Buch wird sicher ein Renner in dieser Gegend. Haben Sie schon die Leute von der BI interviewt?"

„Die kommen auch noch dran." Jetzt wirkte das Lächeln nicht mehr hochmütig. Eher mitleidig. „Gehören Sie dazu?"

„Oh nein. Bin nur stiller Beobachter, wie Sie. Wohne in der Gegend. Mein Name ist Bernhard Hamm."

„Ich heiße Michel. Wolf Michel. Wir sehen uns demnächst in Söderfleth, nehme ich an." Weg war er. Hamm hätte ihn gerne noch länger ausgequetscht. Wo kam er her? Wohnte er in der Gegend? Woher kriegte er seine Informationen? Aber es wäre wohl unklug gewesen, mit der Tür ins Haus zu fallen.

Irgendwie war da ein unangenehmes Gefühl. Dieser Michel schien ihm nicht koscher. Sicher, seine Geschichte klang glaubhaft. Das Thema Windkraft war ein Buch wert. Potenzielle Leser gab es zu Hunderttausenden. Und dennoch...

Draußen musste er die Augen zusammenkneifen, so sehr blendete die Sonne. Daher bemerkte er Clarissa erst, als sie vor ihm stand. Vielmehr hatte sie sich regelrecht vor ihm aufgebaut. Sie lachte ein Guten Tag! Hamm bekam weiche Knie, als habe man ihm K.o.-Tropfen in den Prosecco geschüttet.

„Ich habe auf Sie... gewartet", stotterte er. Idiot! Das klang nicht cool, das klang nicht charmant, das klang vorwurfsvoll. Wie aus dem Mund eines Ehemanns.

„Wir hatten keine Zeit abgemacht, oder?" Eigentlich hatten sie überhaupt nichts ausgemacht, wie Hamm wusste. Trotzdem war klar, dass sie sich hier treffen würden. Nonverbale Kommunikation, nennt das der Psychofreak.

Er antwortete verspätet und sinnlos: „Nein."

Dann lief ein Film ab, den irgendwer eingelegt haben mochte, nur nicht Hamm. Er war daran nur insofern beteiligt, als dass er ab und zu den Mund öffnete und etwas sagte. Es war nicht falsch und nicht peinlich, und es schien Clarissa sogar zu gefallen. Aber er war es nicht, der da redete. Eine fremde Macht steuerte ihn, wie in einem Thriller, der von Schläfer-Agenten handelt, die nach langer Zeit geweckt werden und wie Zombies agieren.

Filmszenen 1 bis 3: Hamm und Clarissa betrachten die Bilder der von Rhönn und sind sich (nonverbal) einig, dass diese es nicht in den Louvre schaffen werden. Szenen 4 bis 6: Die beiden plündern das Buffet. Hamm holt sich einen neuen Teller, obwohl er keinen Hunger verspürt. Hamm holt Prosecco, obwohl er die willenlose Brause eigentlich hasst. Beide setzen sich auf gegenüber liegende Holzbänke, so dass ihre Köpfe nur einen halben Meter Luftlinie Abstand haben.

Sie beobachten das Treiben und machen sich über einzelne Charaktere lustig. Zum Beispiel über eine Gruppe von Ökopaxen mit Folklorehemden und Hippie-Zöpfchen, die auf einem nahe gelegenen Bio-Bauernhof hausen. Angeführt wird die Truppe von einem bärtigen alten Zausel, der mit seinem spitzen grauen Filzhut wirkt wie ein viel zu groß geratener Gartenzwerg.

„Die sehen ja total retro aus", kichert Clarissa (niemand kichert so süß wie sie, findet Hamm).

„Erst wenn der letzte ungespritzte Apfel gegessen, die letzte unbehandelte Karotte geknabbert und der letzte genetisch unmanipulierte Maiskolben verzehrt wurde, werdet ihr feststellen, dass Bio-Fraß blöd macht", labert Hamm (niemand labert so geistreich wie er, glaubt Hamm).

Szenen 7 bis 9: Clarissa und Hamm spazieren, nein wandeln im schattigen Park und reden über den Krimi. Er lobt Konstruktion und Schreibe, versichert, dass die vorgeschlagenen Änderungen nichts, aber auch gar nichts an der Substanz verändern werden. Kündigt an, das Manuskript mit den Bleistift-Korrekturen am Montag „vorbei zu bringen" (damit meint er, anschließend mit Clarissa vor ihrem Haus zu sitzen und endlos zu palavern, bis sie ihn bittet, zum Essen zu bleiben).

Letzte Szene: Hamm erzählt von seinem Lieblingshobby. Er sammelt alte Reiseberichte. Aufzeichnungen früher Journalisten oder reicher Globetrotter, die Länder, welche heute jedermann zu kennen glaubt, in einem touristisch noch wenig erschlossenen Zustand bereisten. William Somerset Maughams Asienreisenotizen „The Gentlemen in the Parlour" genauso wie die Ergüsse unbekannter deutscher Weltenbummler aus dem 19. und 20. Jahrhundert.

Hamm fragt sodann, woran Clarissa gerade arbeitet. Er hat sich noch rechtzeitig erinnert, mal gelesen zu haben, dass Frauen positiv reagieren, wenn man sie nach Beruflichem oder Privatem fragt. Weil sie erwarten, im Grunde auch akzeptieren, dass ein Mann nur von seinen eigenen Projekten faselt.

Clarissa sagt: „Ich mache eine Reise."

„Weit?", fragt Hamm. Er kann den Gedanken kaum ertragen, sie womöglich wochenlang nicht zu sehen (jawohl, er hängt richtig am Haken).

Entwarnung. Alles nicht so schlimm. Clarissa wird nur ein paar Tage nach Nordjütland fahren, im Auftrag einer Weiber-Hochglanzpostille. Für deren Leserinnen ist die Künstlerstadt Skagen mit ihren Museen und Antikläden ein ideales Kurzurlaubsziel.

„Sie nehmen einen Fotografen mit?", stellt Hamm mehr fest, als dass er fragt.

„Nein", sagt Clarissa mit einer eigentümlichen Betonung. Es ist das seltsamste Nein, das Hamm je gehört hat. „Diesmal nicht. Der Fotograf wird später fahren."

Weil er vorher Termine hat? Oder weil ihn Clarissa nicht dabei haben will? Und wenn ja, warum nicht? Doch kann Hamm sie nicht fragen. Das ginge zu weit.

Ende des Films. Vorhang.

Als sie das Fest verließen, begann es dunkel zu werden. Sehr langsam, wie es sich im Norden zu dieser Jahreszeit gehört. Clarissa fuhr in ihrem Mini Cooper voraus. An der Kreuzung, wo sich ihre Wege trennten, stieg Hamm aus. Sie fuhr das Fenster herunter.

Die Augen. Die Augen! Jetzt keinen Fehler machen, Junge. Denk an Frankieboy! „...and then I go and spoil it all by saying something stupid like..."

„Gute Nacht", sagte Hamm. Er drehte sich brüsk um und machte, dass er zu seinem Wagen kam.

„Ein Liberaler ist ein Konservativer, der noch nicht überfallen wurde."

(US-amerikanisches Sprichwort, aus der Datei „Starke Sprüche")

10

DAS FERNSEHEN KOMMT! Von Böttcher ausgehend, war die Sensation mit Internetgeschwindigkeit durchs Dorf gelaufen, wenn auch ganz altmodisch per Mundpropaganda. Eine andere Neuigkeit ging dabei fast unter. Der alte Vieljans war überm Berg. Es hieß, er käme womöglich schon in ein paar Tagen aus dem Krankenhaus. Zäher alter Knabe. Er hatte sein Leben lang draußen gearbeitet und war so gut wie nie beim Arzt gewesen.

Das Fernsehen. Hamm war verblüfft, welche Macht das Medium selbst auf dem Land besaß. Viele Jahre – genau genommen seit seiner Erfindung – hatte es einen Bogen um das Dorf gemacht. Die alte Barockkirche, die Fachwerkhäuser, der gemütliche Weihnachtsmarkt, nichts war den Fernsehleuten je eine Reportage wert gewesen. Nicht mal der schöne Fluss, an dem das Dorf lag und in dem sich jetzt wieder so viele Fischarten tummelten wie vor hundert Jahren.

Aber nun, wo es Zank und Streit gab, war Söderfleth plötzlich ein Thema. Typisch für die Fernsehfuzzis.

Eigentlich war es nur das Regionalprogramm, das sich angesagt hatte. Aber gerade das wurde im Landkreis viel gesehen. Peters war von einer Redakteurin des Senders angerufen worden, berichtete er Hamm, als sich die beiden zufällig bei Böttcher trafen. Sie organisierte die Runde, die in der Live-Sendung „Bi uns to Hus“ auftreten sollte.

Der Bürgermeister von Söderfleth würde dabei sein, ein Bauer, auf dessen Land Windräder aufgestellt werden sollten, ein Vertreter der Windindustrie, ein Politiker sowie ein namentlich noch nicht feststehender Energieexperte. Peters hatte zugesagt. „Natürlich wollen sie uns einmachen“, sagt er.

„Wie kommen Sie darauf?“ wollte Hamm wissen.

„Die Moderatorin ist Hermine Hoyer. Blond, dämlich, aber rotzfrech.“

„Wenn sie doof ist, ist das für uns doch prima. Für euch, meine ich.“

„Sie ist leider nicht wirklich dumm. Auf ihre Art sogar ganz clever. Nur ideologisch total verbiestert. Alles, was grün angemalt ist oder wo Fortschritt draufsteht, findet sie toll. Ich hab ihre Sendung schon ein paar Mal gesehen. Grauenvoll.“

„Wie wollen Sie es da anstellen, dass die BI gut weg kommt?“

„Keine Ahnung. Außer mir werden alle in der Runde pro Windkraft reden. Wir dagegen werden als die eigensüchtigen Arschlöcher dastehen, denen die globale Erwärmung und das Schicksal der Menschheit schnuppe sind.“

„Dann sagen Sie doch ab.“

„Unmöglich. Das würde so aussehen, als hätten wir keine Argumente. Lieber einen kernigen Satz in die Kamera sagen dürfen, als gar keinen Piep los lassen. Ich lass’ mir schon was einfallen...“

Würde er, oh ja. Da war Hamm sich sicher. Der Kleine war ein ziemlich ausgeschlafener Bursche und offenkundig nur zu gerne auf Krawall gebürstet. Solche seltsamen Ritter brauchte es wohl, um gegen Windmühlen anzurennen.

Der Lektor versprach Peters, bei der Sendung im Publikum zu sein. Vorsicht, dachte er, du lässt dich in diesen Windkraftsumpf rein ziehen. Das kann schief gehen. Auf dem Land ist es besser, nicht zu klar Stellung zu beziehen. Man trifft einander zu oft.

„Ich werde heftig Beifall klatschen", sagte er trotzdem.

Peters grinste.

„Aber wenn ich bitten darf für die Guten. Kleiner Tipp: Das sind wir."

„Menschen stolpern nicht über Berge, sondern über Maulwurfshügel.“

(Konfuzius, aus der Datei „Starke Sprüche“)

11

MIT EINER GROSSEN BRÖTCHENTÜTE und einem Haufen Zeitungen fuhr Hamm zu Clarissa. Sie waren um elf verabredet, um die Korrekturen durchzugehen, die er an dem Manuskript vorgenommen hatte. Er hoffte, sie würde die Brötchenlieferung nicht als aufdringlich empfinden. Aber er musste jetzt mal anfangen, sich energisch bei ihr einzuklinken. Irgendwie.

Sicher, er konnte die Arbeit an dem Krimi noch eine kleine Weile unter Vorwänden hinauszögern. Aber sobald das Manuskript in Hamburg abgeliefert war, hatte er keinen vernünftigen Vorwand mehr, sie zu sehen. Das musste verhindert werden.

Der Brötchenservice kam gut an. Sie saßen im Garten hinter Clarissas Haus an einem in Würde verwitterten Holztisch, groß genug, um ein von Clarissa rasch improvisiertes Brunch-Buffet ebenso aufzunehmen wie die Eingeweide des Manuskriptes.

Er hatte sich entschuldigt, dass das Manuskript so voller Korrekturen steckte. Es sei einfach so, dass er sich diesmal besonders viel Mühe gegeben habe. Schnell fügte er hinzu, damit das Ganze keinen falschen Zungenschlag bekam: „Weil der Roman doch die Reihe eröffnet. Der muss allererste Sahne sein."

Himmel, was für ein Geschwätz! Er redete schon wie Karwunkel.

Sie nur: „Ahaaa..."

Es war ein leichtes Arbeiten mit ihr. Fehler sah sie sofort ein. Meist war es Unsinn, der sich fest im Sprachgebrauch eingenistet hatte. Begriffe wie „kleine Klitsche", „gezielte Kampagne", „Zwangsenteignung", „Düsenjet" oder „vorprogrammiert". Wenn sie aber auf etwas bestand, lieferte sie dafür eine gute Begründung.

„Der Satz klingt etwas geschwollen, zugegeben. Aber meine Künstler-Detektivin redet nun mal gelegentlich so. Eine gewisse unfreiwillige Ironie gehört zu ihrer Persönlichkeit. Sie ist partiell gaga. Wie wir alle."

Partiell? dachte Hamm. Er sicherlich nicht. Er war komplett gaga. Im Moment jedenfalls.

Die Nachricht von der Fernsehsendung kannte sie schon. Sollte Wonderwind das Ganze angeschoben haben, so war es zeitlich gut gelegt. Am Donnerstag sollte die Live-Sendung laufen. Tags darauf kam der Gemeinderat zusammen. Wenn Heinsohn für Söderfleth als Windpark-Vorrangstandort stimmte, konnte er sich damit rausreden, letztendlich hätten die Argumente in der Sendung den Ausschlag gegeben.

Und er würde für den Windpark stimmen. Hamm wusste das aus seinem Telefonat mit Gillmann. Heinsohn könne gar nicht anders, hatte der Journalist gesagt. Es gäbe eine Art Vertrag. Mündlich. Und es sei bereits Geld geflossen. Und zwar in großen Scheinen. Mehr könne er, Gillmann, nicht sagen. Aber es würde ihn nicht wundern, wenn der neue Claas-Mähdrescher, von dem Heinsohn seit Jahren schwadronierte, bald über dessen Felder ratterte.

Hamm sagte davon nichts. Warum sollte er die Leute von

der BI deprimieren? Außerdem – wer weiß, vielleicht irrte sich Gillmann doch? Stattdessen fragte er Clarissa: „Seid ihr sicher, dass es kein Fehler ist, in die Sendung zu gehen?"

„Natürlich nicht. Aber der noch größere Fehler wäre, nicht hinzugehen."

Hamm hoffte es. Vor allem wegen ihr. Und auch wegen des Dorfes. Es hatte verdient, von verlogenen Geschäftemachern in Frieden gelassen zu werden. Die Firma Wonderwind und ihre Methoden waren ihm unsympathisch.

Oder besser: Suspekt? Dieser Michel, der immer herumwieselte, wenn es um Wonderwind ging, war gar kein Buchautor. Zumindest kannten die beiden Verlage, mit denen er angeblich verhandelte, nicht mal seinen Namen. Sie planten auch kein Buch über Windkraft. Für Hamm war es ein Klacks gewesen, das über den Karwunkel-Verlag heraus zu finden. Auch Google, Yahoo und Altavista hatten kein Sterbenswörtchen über das Wiesel ausgespuckt.

Also spielte der Kerl ein anderes Spiel. Aber welches?

Sie arbeiteten den ganzen Tag an dem Manuskript. Als er sich gegen Abend von Clarissa verabschiedete, stand die Sonne immer noch am Himmel. Summertime, when the living is easy. Im Sommer kam ihm das Land frischer und grüner und lichter vor als jede andere Ecke Europas, wahrscheinlich als jede Ecke der Welt. Er fühlte sich dann in seine Zeit als Twen zurück versetzt, ungeachtet der Tatsache, dass er stramm auf die furchtbare 50 zustrebte.

Diesen Sommer war es anders. Diesen Sommer hatte die Euphorie noch zwei, drei Stufen zugelegt. Es handelte sich quasi um deren Turbo-Version. Dass es so war, hatte er spätestens bemerkt, als er nach Hamburg fuhr. Dermaßen geträumt hatte er, dass ihn die Radarfalle am Straßenrand von Fuhrmühlen abschießen konnte wie ein Moorhuhn.

Sie war im Heckabteil eines blauen Kombis installiert, der, weithin sichtbar, immer zur gleichen Zeit am selben Ort stand. Nur Ortsfremde oder Trantüten fielen darauf rein. Oder Leute, die mit ihren Gedanken durch rosarote Wolkenfelder schwirrten. Er hatte sich nicht mal über den Blitz geärgert, der ihn 50 Euro und einen Punkt in Flensburg kosten würde.

Stattdessen hatte er den Arm aus dem Schiebedach gestoßen, gewunken und lachend gerufen, als könnten die beiden Fallensteller im Kombi ihn hören: „Scheiß der Hund drauf, Jungs!"

Da war ihm endgültig klar, was mit ihm los war.

„Seit die Menschen nicht mehr an Gott glauben, glauben sie nicht etwa an gar nichts. Sondern an alles Mögliche."

(Gilbert K. Chesterton, englischer Schriftsteller, „Pater Brown"; aus der Datei „Starke Sprüche")

12

DIE FERNSEHLEUTE waren schon zwei Tage vor der Ausstrahlung in Söderfleth eingefallen. Der Anzahl der Redakteure, Techniker und Kameraleute nach, die an der 45-Minuten-Live-Sendung beteiligt waren, war eine dreitägige Marathonsendung geplant. In Rekordzeit hatte die TV-Meute das Dorf aufgemischt.

Man filmte die Kirche, die Brücke über den Fluss, die Deckstation, die Kneipe, als striche ein Serienmörder durch Söderfleth. Die Dörfler mussten in die Kamera sagen, was sie von dem geplanten Windpark – Bürgerwindpark – hielten. Niemand, der sich auf die Straße wagte, wurde verschont.

Hermine Hoyer ließ sich erst eine gute Stunde vor Beginn der Sendung blicken. Sie war eine schnippische, auf fernsehtaugliche Weise schlagfertige Frau Mitte dreißig. Klein, kurze blonde Haare, auffallend dünne Ärmchen, weder hübsch noch hässlich. Ein Typ, nach dem sich kein Mann auf der Straße umdrehte. Doch sobald die Kamera lief, verwandelte sie sich in eine Domina.

Seit Jahren graste sie die Provinz nach Reizthemen ab. Sie hatte meist mit Menschen zu tun, die angesichts von Kameras und Mikrofonen unsicher, hilflos, ja, manchmal panisch agierten, gerade so, als habe man sie ihrer Hosen beraubt. Vor dem Volkstribunal Fernsehen und der spitzfindigen, rasend schnell quasselnden Hermine kuschten sie wie dressierte Schäferhunde. Dank des andauernden Umgangs mit servilen Bürgermeistern, Landvolk-Vorsitzenden, Feuerwehrhauptmännern und Jagdverband-Funktionären war Hoyers Ego angeschwollen wie ein Bach nach der Schneeschmelze.

Mitten auf einem weitläufigen, mit Knicks und Entwässerungskanälen durchzogenen Feld, wo demnächst möglicherweise Windräder stehen würden, hatten die Fernsehleute Stehtische aufgebaut. An denen standen die nervösen Diskutanten, während die Moderatorin wie eine Dompteuse von einem zum anderen sprang.

Das Publikum bildeten wie üblich die BI-Mitglieder mit ihren Spruchbändern und Protestplakaten, sauber getrennt von der Windpark-Sympathisantenszene. Im Hintergrund, malerisch und scheinbar friedvoll, das Dorf. Hamm war auch deshalb gekommen, um die mediale Aufbereitung der Affäre kennen zu lernen. Sehr professionell, musste er zugeben.

Nach einem Einspielfilm, der Söderfleth von seinen schönsten Seiten beleuchtete, aber auch den Mangel an Freizeiteinrichtungen und Infrastruktur sowie die chronisch leere Kasse der Gemeinde betonte, begann die Diskussion. Anfangs waren es nur wirre oder todlangweilige Statements, die Hermine Hoyer einsammeln konnte. Henning Carstens zum Beispiel, Vertreter der Bauern, die mit Wonderwind kooperierten, stotterte vor sich hin: „...ich sach ma, das Geld. Ich mein, Geld kann der Hof brauchen. Und dann ist das mittem Windstrom ja auch ökomenisch, also ich sach ma reell gut für die Umwelt und so..."

„Du hast's gerade nötig!", rief einer aus dem Publikum. Sein Haus lag nahe an Carstens' Feldern. „Tonnenweise

Gülle in die Botanik kippen und dann von Umweltschutz schnacken!" Großes Gelächter. Carstens war berüchtigt für seinen verschwenderischen Umgang mit der stinkigen Schweinebrühe.

Hermine Hoyer erteilte dem örtlichen Landtagsabgeordneten das Wort. Als einer, der sich in einem Jahrzehnte währenden Prozess am Schreibtisch seiner Partei hochgeschlafen hatte, war es ihm absolut unmöglich, einen geraden Satz zu formulieren, geschweige denn, eine klare Position einzunehmen. Der Abgeordnete eierte wie ein Brummkreisel, bemüht, es allen Wählern recht zu machen.

„...müssen wir den berechtigten Interessen der betroffenen Bürger ebenso Rechnung tragen wie denen der Landwirte. Wobei nicht zuletzt der Umweltschutz... das Kyoto-Protokoll..."

Der Bürgermeister brabbelte etwas von dem Votum des Gemeinderates, das er umzusetzen habe. Wie immer es ausfalle. Es hätte auch heißen können: Als Katze sage ich miau. Wohingegen ich als Hund wauwau sagen würde.

Die Moderatorin schien leicht genervt. Wo blieb der Dissens, der eine solche Sendung erst interessant machte? Sie piekte den Vertreter von Wonderwind an: „Warum wollen Sie dieses friedliche Dorf kaputt machen, Herr Leinemann?"

Dr. Michael Leinemann, ein schlanker Endfünfziger im schwarzen Kammgarnanzug, war Vorstandsvorsitzender der Wonderwind AG. An ihn erinnerte sich Hamm gut. Der Mann war lange Jahre konservativer Politiker und Lobbyist der Atomindustrie gewesen. Inzwischen galt er als Hoffnungsträger der Grünen. Er hätte statt Windkraft auch Stinger-Raketen oder getrocknete Tomaten verkaufen können. Auf Managerseminaren von Media-Coaches geschult, war Dr. Leinemann auf die scheinkritische Frage der Moderatorin bestens vorbereitet.

Routiniert fuhr er seinen Textbaustein ab: „Wir machen

doch nichts kaputt! Im Gegenteil, wir bringen Geld ins Dorf. Pachtzins, Gewerbesteuern, nicht zu vergessen ein Spielplatz für die Kinder. Ganz Söderfleth profitiert davon. Es ist nur eine kleine Minderheit, die meint, dagegen mit allen Mitteln angehen zu müssen. Aus sehr zweifelhaften Motiven, übrigens."

Pfiffe, Buhrufe. Hoyers Miene hellte sich auf. Endlich Stimmung! Sie erteilte Peters das Wort. Dessen Stimme klang schneidend.

„Selbstverständlich ist uns der Wert unserer Häuser nicht egal, Herr Dr. Leinemann. Für viele von uns sind sie nämlich die einzige Altersversicherung. Nicht jeder kassiert ein dikkes Managergehalt. Wie Sie, Herr! Dr.! Leinemann!" Großer Beifall. „Das Schlimme ist, alles geschieht für nichts und wieder nichts! Bitte, in dieser Titelgeschichte können Sie selber mal ganz genau nachlesen, was Ihre tolle Windkraft bringt. Puppenstuben beleuchten kann man damit vielleicht. Aber nicht ein Industrieland zuverlässig mit Strom versorgen!"

Peters zog die aktuelle Ausgabe eines Nachrichtenmagazins aus der Jacketttasche und hielt es in die Kamera. Es zeigte eine von Windrädern verschandelte Landschaft, Titelzeile: „Der Windkraft-Wahn". Darin wurde die offiziell von fast allen Parteien hoch gelobte Windenergie Punkt für Punkt zerrissen. Das Blatt zitierte ausführlich aus einer bisher unter Verschluss gehaltenen Studie der Regierung.

Die kam zu dem Schluss, dass die massive Einspeisung von Windenergie in die Stromnetze die Versorger dazu zwang, ihre herkömmlichen Kraftwerke höher zu fahren, um die Netze zu stabilisieren. Denn die mit dem Wind schwankende Zufuhr von Windkraft brachte die komplexen Netzstrukturen durcheinander. Das vernichtende Verdikt: Je mehr Windkraft in die Netze gelangt, desto mehr fossile Brennstoffe müssen sinnlos verheizt werden.

Vor kurzem wäre es beinahe zu einem Strom-GAU gekommen, der seinen Ursprung teilweise in der Windkraft hatte. In weiten Gebieten Europas fiel für eine Stunde der Strom aus, als ein Kabel über die Ems kurzfristig abgeschaltet wurde. Da ausgerechnet zu dieser Zeit durch ein starkes Windaufkommen übermäßig viel Windstrom ins Netz floss, kam es zu Notabschaltungen, die sich kettenreaktionsmäßig ausbreiteten. „Mit der Stromversorgung spielt man nicht rum“, bellte Peters in Richtung Kamera. „Daran hängt unserer aller Existenz!“

Die Moderatorin gab der Regie ein Zeichen, den immer noch das Magazin in die Linse haltenden Agitator auszublenden. Sie schätzte es überhaupt nicht, wenn andere Medien in ihrer Sendung zitiert wurden. Schon gar nicht solche aus dem Printbereich. Nach der Journalistenschule hatte sie sich bei einem Magazin beworben, war aber abgelehnt worden. Nun war das Fernsehen für sie die einzig wahre, existente, vorstellbare und wünschenswerte Welt. Und die drehte sich um sie, Hermine Hoyer.

Der angekündigte Experte entstammte ihrer ideologischen Galaxie. „Zu uns gekommen ist einer der renommiertesten Kenner alternativer Energien“, rief sie, als kündige sie einen Popstar an. Der Mann mit dem schlohweißen Haupt und den asketischen Zügen nickte gnädig in die Kamera.

„Wir begrüßen Heribert Holtkamp!“

Hamm entsann sich an Holtkamps Laufbahn. Als journalistisches Urgestein war er ein eher minderschwerer Fall, als Moralist und Bußprediger jedoch eine Instanz. Viele Jahre hatte er ein Politmagazin im Staatsfernsehen geleitet, bis er über einen kapitalen Fehler stolperte. Bei der angeblichen Enthüllung, in bestimmten Lebensmitteln befänden sich krebserregende Substanzen, hatten seine Redakteure die Mengen versehentlich zehnfach überhöht angegeben.

Als der Sender den Irrtum schließlich eingestehen musste, waren bereits zwei der an den Pranger gestellten Hersteller pleite und ein paar hundert Arbeitnehmer ohne Job. Es sikkerte durch, dass Holtkamp den Beitrag gegen den Rat der Hausjuristen durchgeboxt hatte, und das, obwohl er wusste, dass der damit hauptsächlich befasste Autor schon mehrfach wegen schlampiger Recherchen aufgefallen war. Nach einer Schamfrist wurde Holtkamp abgelöst. Jetzt moderierte er eine Sendung in einem wenig beachteten Spartenkanal, bezog aber weiterhin sein früheres fürstliches Gehalt.

Sein Steckenpferd waren nun die alternativen Energien. Keine Sendung, in der er nicht die Segnungen von Wind- und Solarstrom pries, Biogaserzeuger vorstellte, Sprit aus Raps und Weizen propagierte. Er liebte es, durch apokalyptische Szenarien zu surfen. Ob die Dritte Welt weiter hungern würde, ob globale Verteilungskämpfe womöglich zu einem Dritten Weltkrieg eskalieren würden, all das hing laut Holtkamp davon ab, ob der flächendeckende Ausbau der Windkraft in Deutschland gelang. Für Teile der Lehrerschaft war er eine Ikone.

Beifall und Pfiffe mischten sich, als er das Mikro nahm. Er wartete, bis sich die Stimmung beruhigt hatte. Mit der unterkühlten, scheinbar teilnahmslosen Stimme, die sein Markenzeichen war, sprach er in die Kamera.

„Wir stehen hier hinter einem Deich. Die Krone ist acht Meter hoch. Deshalb stehen wir im Trockenen. Es ist hell und warm. Manche von Ihnen erinnern sich noch, wie es ist, wenn das Wasser über den Deich kommt. Das Wasser ist kalt. Es ist plötzlich überall. Und es bringt den Tod."

Himmel, dachte Hamm bewundernd. Der zieht wirklich alle Register.

Flutkatastrophen saßen tief im kollektiven Gedächtnis der Küstenbewohner. Die letzte verheerende Sturmflut lag erst vier Jahrzehnte zurück. Für die Älteren war sie ein Trauma. Drei Meter über normal würde das Wasser auflaufen, hatte die Tagesschau damals gewarnt. Viele hatten das nicht ernst genommen. Als die Deiche entlang der gesamten Nordseeküste und an der Unterelbe brachen und die Flut kam, war es wie eine eingetretene Vision aus Theodor Fontanes Novelle „Der Schimmelreiter". Mit Wolldecken, Sägen und Äxten armiert, harrten die Menschen in der Februarkälte in den oberen Geschossen ihrer Häuser aus. 315 starben in den Wassermassen, 70.000 wurden obdachlos. Auch bei Söderfleth waren Deiche gebrochen. Der Fluss war damals noch nicht mit einem Sperrwerk von der Elbe getrennt gewesen.

Wenn im Herbst und Frühjahr die Nordweststürme tobten und die Sender vor einer „sehr schweren Sturmflut" warnten, flüchteten einige, die dem Schutz des Sperrwerks nicht trauten, sich noch heute wie in früheren Jahrhunderten auf den Dachboden ihrer Häuser. Mit dabei hatten sie eine Taschenlampe und die so genannte Notfallmappe, in der alle wichtigen Dokumente wie Geburtsurkunden, Heiratsurkunden und Grundbucheinträge steckten.

Die begründete Furcht vor der „Mandränke", der Menschenertränke, wie die Altvorderen Sturmfluten genannt hatten, saß tief. Deshalb waren auch Flussvertiefungen ein ewiges Reizthema in der Region. Das alle paar Jahre wieder auftretende Begehren Hamburgs, die Fahrrinne der Elbe weiter auszubaggern, auf dass die Supercontainerschiffe der nächsten Generation in den Hamburger Hafen einlaufen konnten, rief bei vielen Ängste hervor. In einer tieferen, schneller fließenden Elbe, so fürchteten sie, könnte sich bei einer Sturmflut mehr Wasser stauen, dessen Druck die Deiche zerstören würde.

Mit dem Wasser war nicht zu spaßen, das wussten an der Küste schon die kleinen Kinder.

Aber auf was wollte Holtkamp eigentlich hinaus?

Der gebührenfinanzierte Mahner und Warner fuhr fort: „Wir alle wissen, dass die von Menschen gemachte Klimaerwärmung dramatisch voranschreitet. Um bis zu zwölf Grad könnten die Temperaturen noch in diesem Jahrhundert steigen. Die Folgen wären furchtbar. Das Abschmelzen des Polareises würde die Meeresspiegel um sieben Meter ansteigen lassen."

„Klogschieter!", rief der alte Bauer Ratjens. „Ihr vom Fernsehen könnt doch nicht mal das Wetter von übermorgen vorhersagen!" Ein Teil des Publikums wieherte. Ratjens stammte aus dem Nachbardorf, war aber extra mit seinem geliebten, uralten Porsche-Trecker nach Schutenholz gebollert, um „den ut'n Fähnsän" zu erleben. So Unrecht hatte der Alte gar nicht, fanden manche Zuschauer. Die Szenarien von Forschern entsprangen schließlich nur Computer-Hochrechnungen, Modelle genannt. Wer wollte sich denn ernstlich anmaßen, das Klima im Jahre 2050 vorherzusagen?

Holtkamp fuhr unbeirrt fort: „Falls Sie nun glauben, das träfe allenfalls ein paar exotische Inselchen auf der anderen Erdhälfte – weit gefehlt! Hier, bei Ihnen vor der Haustür, werden die Folgen des Klimawandels Gestalt annehmen. Ihre Kinder, spätestens aber die Enkel werden es – im bittersten Sinn des Wortes – ausbaden."

Aha. Das also war es. Er zog natürlich die Klimakarte. Hamm kannte den Schachzug. Man ging von Thesen wie einer von Menschen gemachten Erderwärmung aus, malte ein Horrorszenario an die Wand und leitete daraus allerlei Forderungen an die Politik ab. Mit der globalen Erwärmungstheorie argumentierte mit Vorliebe auch die Atomindustrie. Kernkraftwerke emittierten ja kein „Klimakillergas" CO^2. Seit Jahresbeginn, als sich Panikmeldungen über die angeblich katastrophalen Auswirkungen einer Klimaerwärmung überschlugen, backte jeder mit dem Thema seinen eigenen Kuchen. Popstars bekämpften ihre sinkenden CD-Verkäufe mit spektakulären Rettet-die-Erde-Konzerten; Politiker setzten mit Blick auf Wahltermine jeden Tag eine neue Forderung zur CO^2-Reduzierung in die Welt; Gurus und

Erlöser scharten verunsicherte Menschen hinter sich, um ihnen das ewig Klimaheil zu versprechen; alle möglichen Organisationen und Forschungseinrichtungen forderten massive Erhöhungen ihrer Mittel; die Konsumgüterindustrie sah beglückt, wie sich ihr neue Märkte für vermeintlich „grüne Produkte“ auftaten. Auch Stromkonzerne und alternative Energieerzeuger waren sofort auf den Zug aufgesprungen und trompeteten ihre Weltrettungsstrategien hinaus. Wobei die Atomlobby scheinbar die besseren Karten hatte. Ein einziges neues AKW würde mehr Kohle- und Ölkraftwerke ersetzen als eine Million neue Windräder.

Freilich war es für manche Experten gar nicht ausgemacht, ob CO^2 entscheidend zur Klimaerwärmung beitrug. Oder ob dafür andere Faktoren wie eine Verschiebung der Erdrotationsachse oder verstärkte Sonnenaktivitäten eine Rolle spielten. Eiskernbohrungen hatten gezeigt, dass das Klima in der Erdgeschichte schon häufig extrem geschwankt hatte, ohne dass dafür von Menschen gemachte Ursachen in Frage kamen. Grönland war einmal eine warme, grüne Insel mit Ackerbau gewesen – daher ihr Name. Und wie die bislang letzte Abkühlung ausgesehen hatte, die so genannte „Kleine Eiszeit“ vom Anfang des 15. Jahrhunderts bis in das 19. Jahrhundert hinein, konnte man auf Gemälden der alten flämischen Künstler gut nachvollziehen. Auf ihren Bildern sah man halb Holland Schlittschuh fahren.

Holtkamp machte jetzt einen Exkurs in die Geopolitik. Bald würden die Ölreserven aufgebraucht sein. Verteilungskämpfe seien die Folge. Wärme und Strom würden ein Luxus für Reiche werden. Wenn, ja wenn nicht eine weise Regierung rechtzeitig die Weichen stellte. In Richtung alternative Energien, natürlich. „Weil der Wind uns erfreulicherweise keine Rechnung schickt“, zitierte er den Wonderwind-Slogan. Somit nach einem fulminanten Überflug eine Punktlandung auf der Scholle von Schutenholz hinlegend.

Es war ein Vortrag, gegen den man nur verlieren konnte. Jeder, der sich danach nicht sofort ein Windrad in den Vorgarten stellte oder sich mit all seinen Ersparnissen am nächstbesten Windpark – Bürgerwindpark – beteiligte, stand als hartleibiger CO2-Frevler da. Ja, als Verräter an der menschlichen Rasse überhaupt.

Im Nachhinein hätte Hamm nicht sagen können, was ihn geritten hatte. Lust aufs Zocken, vielleicht? Wollte er Clarissa beeindrucken? Jedenfalls nestelte er ein Mahnschreiben der GEZ aus der Tasche, das morgens im Briefkasten gelegen und das er aus irgendeinem Grund nicht sofort entsorgt hatte. Blickte ostentativ hinein, als handele es sich um ein Geheimdossier und reckte den Arm, als Hermine Hoyer sich anschickte, die obligatorischen „Stimmen aus dem Publikum" einzufangen.

Ein gegen Windgeräusche mit Kunstfell ummanteltes Mikro richtete sich auf ihn. Es sah aus wie eine Perserkatze am Spieß. Hamm wandte sich direkt an Holtkamp.

„Ich heiße Bernhard Hamm, bin Publizist, wohne in dieser Gegend und möchte gerne wissen, wie viel Ihnen Wonderwind gezahlt hat."

Es wurde ganz still. Selbst der quasselfreudigen Moderatorin verschlug es die Sprache. Holtkamp tat, als habe er nicht verstanden.

„Wie bitte?"

„Ich frage, wie hoch das Honorar ist, das die Betreibergesellschaft Ihnen zahlt, damit Sie hier Stimmung für die Windindustrie machen."

Holtkamp neigte den Kopf, lächelte dünn und sagte zu Hamm, als spräche er mit einem verstockten Schüler: „Mehr als lachhafte Verdächtigungen fallen Ihnen zu diesem ernsten Thema nicht ein?"

Hamm schwenkte den Mahnbrief, als enthalte er Daten über geheime Kontobewegungen. Die Buchstaben GEZ deckte er mit dem Daumen ab.

„Sie bestreiten also, von der Wonderwind für diesen Auftritt Geld genommen zu haben?"

Einen kurzen Augenblick zögerte Holtkamp. Da wusste Hamm, dass er ins Schwarze getroffen hatte. Bingo! Er hatte ihn! Holtkamp war gekauft!

„Ich... sehe nicht ein, weshalb ich infame Fragen beantworten soll."

„Dann frage ich ganz allgemein: Stehen Sie oder standen Sie je auf der Wonderwind-Lohnliste?"

„Das würde mich jetzt auch interessieren", krähte die Moderatorin, die ihre Autorität als Platzhirschkuh schwinden sah. Zu Holtkamp gewandt: „Möchten Sie darauf antworten?"

Da tat der alt gediente TV-Kämpe etwas, was ihm Hamm nicht zugetraut hätte, nicht in einer Live-Sendung. Er sagte zu Hoyer im Brustton der Verachtung: „Was ich möchte, werte junge Kollegin, ist folgendes. Ich möchte an keiner Sendung mitwirken, wo ich von Denunzianten und Erbsenzählern belästigt werde, während ich über existenzielle Probleme dieses Planeten spreche. Mit solchen Ignoranten" – er deutete auf Hamm und Peters – „dürfen Sie sich selber abplagen. Guten Tag."

Er drückte sein Mikro der verblüfften Hermine in die Hand, drehte sich um und ging gemessenen Schrittes zu dem Auto, das weitab vom TV-Set am Feldrand wartete. Es sah aus wie ein VW Passat, aber Hamm erkannte mit geschultem Blick, dass es sich am einen Phaeton handelte. Der Fahrer öffnete Holtkamp die Tür. Hamm war sicher, dass Wonderwind die Edelkutsche gestellt hatte. Ein Phaeton, sinnierte Hamm mit einem Anflug von Neid. Der Löser der Weltprobleme reist nobel. 12 Zylinder. 450 PS. Spitze 250 km/h. Pustet bestimmt mehr als 25 Liter durch den Auspuff. Nicht gerade die klimafreundlichste Art zu reisen.

Die Sendung war durch Holtkamps starken Abgang faktisch geschmissen. Den Rest der Sendezeit versuchte die Moderatorin damit zu überbrücken, dass sie der verbliebenen Runde Gelegenheit gab, Meinungen über den Treibhauseffekt auszubreiten. Von Menschen gemacht oder eher natürlich? Unabwendbar oder aufzuhalten?

Dazu hatte jeder etwas zu vermelden. Abbrechende Eisberge vor den Falkland-Inseln, brennende Wälder in Italien und Griechenland, Niedrigwasser auf der Elbe – alles Vorboten der großen Heißzeit? Andererseits, war es nicht im vorvergangenen Winter klapperkalt gewesen? Auch in Söderfleth bis zu minus 19 Grad? In Sydney, las man, war es dieses Jahr so kühl wie nie gewesen. Angeregt schwafelte die Runde dem Sendeschluss entgegen. Der französische Aufklärer Montaigne, erinnerte Hamm, hatte einmal so etwas geschrieben wie: Worüber die Menschen am wenigsten wissen, daran glauben sie am stärksten.

Der Eklat hatte Hermine Hoyer nach einer kurzen Schreckminute in Hochstimmung versetzt. So etwas war in ihrem Sender zuletzt vor zwanzig Jahren vorgekommen. Damals übergoss eine angeschickerte Künstlerin in einer Talkshow einen Kritiker mit Rotwein und zerlegte Teile des Studios. Der Auftritt hatte sich zum Kult-Klassiker gemausert und wurde in Rückschauen gerne gezeigt.

Bei „Bi uns to Hus“ dagegen gab es immer nur Blabla, das große Einerseits-Andererseits. Die Sendung litt seit geraumer Zeit unter Zuschauerschwund. Beim nächsten Mal würde sie eine Top-Quote erreichen, soviel stand jetzt schon fest.

Als Hamm in die Menge blickte, die noch aufgeregt debattierte, obschon die Kameras längst abgeschaltet waren, sah er Wolf Michel. Der Notizblock des selbst ernannten Buchautors ruhte auf dem Oberschenkel. Michel guckte. Er guckte Hamm an. Hamm wusste, dass ihm bald einfallen würde, woher er das Wiesel kannte, das sich im Dorf eingenistet hatte.

Er war ganz nahe dran.

Irrtümer haben ihren Wert jedoch nur hier und da; nicht jeder, der nach Indien fährt, entdeckt Amerika.

(Erich Kästner, aus der Datei „Starke Sprüche")

13

DIE NIEDERLAGE WAR BITTER. Hamm hatte sie kommen sehen. Ob sie gegen Holtkamp in der Fernsehsendung gepunktet hatten oder nicht, war gleichgültig. Holtkamp ein bezahlter Propagandist der Windindustrie – na und? Es kam allein darauf an, wer sich die richtigen Leute kaufte.

Aber die anderen, sie hatte es kalt erwischt. Also doch! Bauer Heinsohn, der Schweinepriester, war umgefallen! Jetzt gab es keinen Weg mehr, die Invasion der Riesenspargel zu verhindern.

Die Mitglieder der BI hatten sich bei Peters zu Hause versammelt, um ihre Wunden bei Bier und Köm zu lecken. Der Gasthof Ohlsen war dazu im Moment nicht der richtige Ort. Dort saßen die von Wonderwind unter Vertrag genommenen Bauern und feierten, dass der Tresen krachte. Bei Bier und Aquavit. Jedem das seine.

Peters lebte auf reichlich Raum. Seine Frau Karin hatte eine ehemalige Gaststätte am Deich geerbt. Sie servierte Schnittchen und Knabberzeug. Der Schankraum fasste leicht 50 Leute. Eine daneben liegende ausgebaute Tenne wurde von Peters im Sommer für Veranstaltungen vermietet.

„Das war's, Freunde", stellte der Lehrer fest.

Schweigen. Oh, sie hatten sich wirklich Mühe gegeben! Flugblätter verteilt, diskutiert, gestritten. Vergebens. Jetzt begann bei manchem das schleichende Gift des Selbstzweifels zu wirken. Niederlagen demoralisieren die Daniederliegenden.

Waren es doch vielleicht sie, die nicht Recht hatten? Einige aus der BI hatten ohnehin mit etwas schlechtem Gewissen beim Kampf gegen die Windräder mitgemacht. Früher waren sie gegen Atomkraft marschiert. Wie konnten sie heute gegen regenerative Energien sein?

„An dem Argument mit den schwindenden Ölvorräten ist sicher was dran", sinnierte Luisa, die am Tischende saß. Sie war die Jüngste in der Runde und hauptsächlich deshalb dabei, weil ihre Eltern militante Gegner des Windparks waren. Das Häuschen der Kleinfamilie würde im Schlagschatten der Rotoren liegen. „Und dann die Klimaerwärmung, ich meine..." Sie hob hilflos einen Arm und ließ ihn wieder auf die Tischplatte fallen.

Peters merkte, dass die Stimmung auf einen Tiefpunkt zusteuerte.

„Jetzt macht mal halblang, Leute! Dass wir eine Schlacht verloren haben, ändert nichts an den Tatsachen. Windkraft ist ein Milliardengrab, was langsam auch die Medien mitkriegen. Das Geld, was dafür verballert wird, fehlt bei sinnvollen Lösungen der Energieversorgung. Übrigens, bis die Mülltrennung als kompletter Quatsch entlarvt wurde, als unökologisch wie nichts Gutes, hat es auch zwanzig Jahre gedauert."

„Und den Grünen Punkt gibt's immer noch", wandte Hamm ein.

Peters warf ihm einen strafenden Blick zu: „Leider." Um die Moral der Truppe zu heben, stellte er seinen Schwager vor, der gerade zu Besuch war. „Heiner ist Experte. Er hat für den Ingenieursverein Expertisen zur langfristigen Energiesituation gemacht."

Der Schwager trug ein Tweedjackett mit Lederflecken an den Ärmeln und sprach ein quälend langsames Hochdeutsch mit spitzem –st, wie ein Hannoveraner. „Ich bin Ingenieur", sagte er, „und ich glaube nur an Fakten. Einer dieser Fakten ist, dass die Warnung vor den angeblich zur Neige gehenden Ölvorräten erstmals anno 1924 aufkam. Danach gab es sie ungefähr alle zehn Jahre wieder."

„Aber alle wissen doch, dass das Öl bald alle ist", beharrte Luisa. Er ließ einen Ansatz von Lächeln erkennen.

„Das glaubte man immer zu wissen. Merkwürdig nur, dass das Öl trotzdem immer reichlich floss, abgesehen von Kriegszeiten. Und zwar deshalb, weil immer neue Ölvorkommen erschlossen wurden, was die Propheten nie in ihre Berechnungen einbezogen. Wenn die Prognosen des Club of Rome aus den siebziger Jahren gestimmt hätten, gäbe es seit vielen Jahren keinen Tropfen Öl mehr, und wir alle müssten frieren und Hunger leiden. Zumindest hier sieht es nicht danach aus."

Gelächter. Dreiviertel aller Anwesenden hatten Übergewicht. Auf dem Land aß man gerne deftig. Der Ingenieur fuhr fort.

„Die meisten Experten in den Energiekonzernen glauben, dass das Öl noch so lange reicht, bis die Wissenschaft Ersatztechnologien gefunden hat. Die Brennstoffzelle, zum Beispiel. Wir können außerdem veraltete Kraftwerke modernisieren, das bringt viel mehr als Windkraft. Dann die Wärme-Kraft-Koppelung, spart enorme Mengen Energie. Wir brauchen nicht mal neue Atomkraftwerke, um gut über die Runden zu kommen. Windkraft ist allerdings völlig ungeeignet, das Energieproblem zu lösen."

Er nestelte einen Zeitungsausschnitt aus der Jacke. „Das hier hat eine Studie ergeben, die von der Regierung in Auftrag gegeben wurde. Mit den verheerenden Ergebnissen hatte sie allerdings nicht gerechnet. Laut Schätzung wird der Ausbau der Windindustrie bis zum Jahre 2015 mindestens 80 Milliarden Euro Steuergelder verschlingen. Geld, das für Erfolg versprechende Projekte fehlt. Kommt hinzu, dass an fossilen Brennstoffen durch die Windkraft so gut wie nichts eingespart wird. Sie ist und bleibt eine Parallelenergie, so gut wie nutzlos. Niemand kann diese Art von Strom in einer Industriegesellschaft gebrauchen. Er kommt und geht. Und Strom kann man nicht speichern, nicht in größeren Mengen. Das ist das Kardinalproblem. Die Wissenschaftler haben nicht die leiseste Ahnung davon, wie man es lösen könnte."

„Aber die deutschen Windanlagenhersteller verkaufen doch ganz viel ins Ausland", wandte Luisa ein. „Das hab' ich gelesen. Sind die Ausländer denn alle doof?"

Der Ingenieur schien auf das Argument gewartet zu haben. „In Indien oder Afrika oder Lateinamerika ist es zumindest auf dem Land egal, ob mal der Strom ausfällt. Das tut er dort schon immer, und zwar alle Naslang. Aber wir hier, wir leben in einer hoch entwickelten Computergesellschaft. Ohne sichere Stromversorgung bricht bei uns alles zusammen. Die Wirtschaft, der Verkehr, die ganze Gesellschaft. Ohne sicheren Strom bricht Anarchie aus, wie 1977 in New York. Und was Indien angeht: in Boom-Gebieten wie Bangalore kommt kein Mensch auf die Idee, sich auf Windstrom zu verlassen."

Alfred Templin rollte mit den Augen. Das alles war ihm zu langatmig. Er klopfte mit der Pfeife an sein Bierglas, um sich Gehör zu verschaffen.

„Wir danken Ihnen. Es war gut, die Zusammenhänge mal aus dem Mund eines Fachmanns zu erfahren. Aber unser kleines Dorf hier wollen wir nicht ganz vergessen. Heimo hat vorhin gesagt: Das war's. Ich sage: noch nicht! Nicht, wenn es uns gelingt, ein Verhinderungs-Tier zu beschaffen."

Einhellige Verblüffung in der Runde.

„Ein was???"

Templin erklärte seinen Plan. Den ökologischen Heiligenschein der Windkraft konnte nur ein Öko-Joker verblassen lassen. Was man brauchte, war irgendein Tier, das zu einer bedrohten Art gehörte. Je bedrohter, desto besser. Ein Einzeltier, vielleicht auch ein Grüppchen, würde man in der Nähe des geplanten Windparks aussetzen. Am besten einen Vogel. Und dann die Ornithologen alarmieren! Ornis, so Templin, seien die fanatischsten aller Tierfreunde und der Schrecken aller Bauträger.

„Denkt an die Großtrappen an der ICE-Strecke Hannover–Berlin. Wegen denen musste die Bahn eine Schutzmauer für 35 Millionen Euro hochziehen. In Kalifornien hat die ‚Delhi Sands Blumen liebende Fliege' sogar ein geplantes Industriegebiet verhindert."

Tatsächlich gab es auch hierzulande viele Kreaturen, die laut irgendeiner Definition oder EU-Richtlinie als vom Aussterben bedroht galten. Tüpfelrallen und Fischadler, Steinkäuze, Otter, Rotrückenwürger, Neuntöter und Teichfledermäuse waren der Albtraum von Investoren. Wo sie geortet wurden, traten prompt Tierschützer auf den Plan, welche die Verwaltungsgerichte mit Eingaben bombardierten.

So manches Großprojekt war auf diese Weise gekippt worden. Eine seltene Feldhamsterart hatte jahrelang den Bau eines Forschungslabors blockiert, der sie aus ihrem Habitat verdrängt hätte.

„Ein todsicherer Blockadevogel ist natürlich der Wachtelkönig", bemerkte Clarissa. Die aufkommende Heiterkeit war beträchtlich, ungeachtet der gerade erlittenen Niederlage. Jeder kannte den angeblich „global bedrohten" Vogel. Er war zum Synonym geworden für Öko-Sektiererei.

Die lautstark krächzende Rallenart, lateinischer Name Crex crex, hatte im Südwesten vom Hamburg ein gewaltiges

Bauprojekt verhindert. 3000 Sozialwohnungen für 10.000 Menschen konnten nicht realisiert werden, weil Ornithologen die metallischen Knarrgeräusche des hässlichen Bodenbrüters just dort vernommen haben wollten, wo gebaut werden sollte.

Obwohl nie richtig geklärt werden konnte, ob ein Wachtelkönig oder vielmehr ein mit Crex-crex-Geräuschen bespieltes, von Vogelfreunden im Unterholz deponiertes Tonband zu hören war, war das Bauprojekt gestrichen worden.

Der Triumph des „Terror-Vogels“, wie ihn ein Boulevardblatt nannte, hatte bundesweit Schlagzeilen gemacht. In Österreich verhinderte die filmisch dokumentierte Existenz zweier Rufer eine Bundesstraße über das Eenstal. Die Brücke dafür war bereits gebaut, der Schaden ging in die Millionen.

Jüngst war er wieder durch die Medien geflattert. Eine seit Jahrzehnten geplante Autobahn durch das Nasse Dreieck, mit deren Bau just begonnen worden war, drohte an ihm zu scheitern. Ein Gutachten bescheinigte dem Wachtelkönig, dass er extrem lärmempfindlich sei und ihm daher Autogeräusche nicht zuzumuten seien.

Peters rieb sich das Kinn. „Problem ist nur, dass man den Wachtelkönig halt niemals sieht. Geschweige denn fängt. Wie sollen wir an den Vogel rankommen?“

„Ich hab mal gelesen, dass es in Jütland einen Züchter gibt, der Wachtelkönige in einer Voliere hält“, sagte Templin. „In Frederikshavn, glaube ich. Vielleicht können wir da einen Vogel kaufen. Oder ausleihen. Es muss natürlich ein Rufer sein, also ein Männchen. Die Frauen halten bei der Balz die Klappe.“

„Müsste bei den Menschen auch so sein“, rief Schlachter Erwin, der wie gewöhnlich etwas zuviel getankt hatte. Einige der BI-Frauen fuhren ihm lautstark über die Klappe. „Ruhe, alte Saufnase!“ Erwin zitierte seinen Lieblingsreim: „Wo früher meine Leber war, ist heute eine Minibar." Er war in seinem Element.

Frederikshavn in Dänemark? Bei Hamm klingelte etwas. Lag das nicht in der Nähe von Skagen? Und fuhr nicht Clarissa demnächst nach Skagen? Vielleicht konnte er... sollte er... „Ich kümmere mich um den Vogel", sagte er schnell.

Er kippte einen Köm und sah aus den Augenwinkeln zu Clarissa, die am Tischende saß. Sie kräuselte leicht den Mund. Die durchschaut dich wieder mal, dachte Hamm. Und wenn. Soll sie. Was sie schaut, wird ihr schmeicheln. Bist eben ein Blödmann, Bernie.

Plötzlich ging die Tür zur ehemaligen Schankstube auf. Ein trat Wolf Michel, der angebliche Autor. Hatte er schon länger hinter der Tür gestanden und gelauscht? Wie hatte er überhaupt von der Versammlung erfahren? Und woher kannte er den Weg zu Peters Haus?

„Bin ich hier richtig bei der Bürgerinitiative?" Er lächelte schief. „Ich heiße Michel und schreibe ein Buch über den Kampf um die Windenergie. Der Herr hier..." – er zeigte auf Hamm – „kennt mich schon. Er meinte, ich müsste unbedingt auch ihre Argumente hören."

Sauber, dachte Hamm grimmig. Er war wütend, weil ihn Michel als Referenz benutzte. Wütend auch, weil er die BI nicht längst vor dieser dubiosen Figur gewarnt hatte. Aber was ging ihn das Ganze überhaupt an? In erster Linie war er wegen Clarissa hier. Trotzdem stand er auf und ging auf Michel zu, bevor ein anderer antworten konnte.

„Schön, dass sie den Weg zu uns gefunden haben, Herr Michel. Leider passt es im Moment überhaupt nicht. Wir machen eine – sagen wir, strategische Planung für die Aktionen der nächsten Zeit. Können wir uns an einem anderen Tag treffen?"

Michel zeigte sich eher am Hier und Jetzt interessiert.

„Was für Aktionen? Kommt der Windpark denn nicht auf

jeden Fall, jetzt, wo der Gemeinderat dafür gestimmt hat?"

Vielleicht wollte Hamm ihn nur loswerden. Vielleicht auch neugierig machen. Ohne lange zu überlegen, sagte er bedeutungsschwanger: „Es ist noch längst nicht aller Tage Abend, Herr Michel... Gute Nacht, und bis bald." Und komplimentierte den seltsamen Gast hinaus.

„Wer war das denn?", wollte Peters wissen. Hamm machte eine abschätzige Handbewegung.

„Der Typ gibt sich als Journalist und Buchautor aus. Will angeblich über den Streit um die Windkraft schreiben. Wahrscheinlich ein Spinner. Aber trauen würde ich dem nicht von hier bis zum Tresen."

„Und warum haben Sie so getan, als hätten wir noch Trümpfe im Ärmel?"

„Bloß so aus Daffke. Warum nicht ein bisschen Unruhe stiften? Der tratscht das garantiert weiter."

Hinterher sah er es anders. Hätte er doch den Mund gehalten! Einige böse Überraschungen wären ihm erspart geblieben. Aber auch ein paar gute.

•

Abends saß er im Wohnzimmer und sah fern. Nicht, ohne sich vorher zu vergewissern, dass die Gardinen zugezogen waren. Der GEZ-Spitzel, das spürte er, würde nicht kampflos aufgeben. Hamm stieß beim Zappen auf einen wunderbaren alten amerikanischen Schinken im Ersten. In „Der Malteser Falke" sagt die Stimme des Erzählers aus dem Off: „Wenn der Partner eines Mannes ermordet wird, dann muss dieser Mann etwas tun." Konnte man es besser ausdrücken? Hamm notierte den Satz auf einen bereit liegenden Block.

Er sammelte gute Sprüche. Sie landeten in seiner Computerdatei. Keine Küchenkalendersprüche. Keine kleinbürgerlichen Aphorismen. Schon gar keine Schmunzelfrüchte aus dem Regal Ringelnatz/Busch/Morgenstern. Sondern starke, ruppige, straßenschlaue, motzige, hinterfotzige, coole, großspurig-selbstironische, genial-vertrackte, absurd-erhellende Texte. Er pickte sie aus Filmen, Büchern, Zeitungsartikeln, Werbespots heraus. Die Liste wurde immer länger. Er hätte ein Buch damit füllen können, bezweifelte aber, dass es jemand lesen würde. Die Sammlung war für ihn allein geschaffen. Sie machte ihm gute Laune, wenn er darin las.

Plötzlich liefen weiße Pünktchen über die Mattscheibe, dann zogen ganze Schneeschauer auf. Das Gesicht des Detektivs, auf das die Kamera eine Großaufnahme fuhr, zerfloss ins Ungefähre. Die Farbe changierte ins Kotzgrünliche. Der Ton wurde undeutlich. Hamm kannte den Grund. Die Eule nun wieder! Er stand seufzend auf und ging in den ersten Stock.

Neben dem Schlafzimmerfenster war die Satellitenschüssel angebracht, und zwar so, dass kein zufälliger Besucher sie vom Hof aus sehen konnte. Auf dem Aluminiumarm, der den Empfangskopf hielt, legte mit Vorliebe ein Schleiereulenpaar Zwischenstopps ein, bevor es durch eine Luke auf den Dachboden des Hauses flog. Nach jeweils vier, fünf Stopps rutschte die Antenne unter der Eulenlast ein Stück nach unten. Mit Hamms Vergnügen, sich über besonders dümmliche Sendungen aufzuregen, war es dann erstmal vorbei.

Er nahm eine lange Holzlatte, die für derlei Fälle im Zimmer bereit lag, öffnete das Fenster und schob die Antenne zurück in ihre Position. Richtig gut würde das Bild auch jetzt nicht sein. Man müsste es fein justieren, am besten zu zweit. Doch das lohnte sich nicht, denn bald würde das Eulenpaar wieder aufhocken, und alles würde von neuem beginnen. Zwar war er stolz, die äußerst raren Tiere auf seinem Hof zu haben, doch zugleich nervten sie ihn. Einmal hatte er geträumt, hinter dem Eulenterror stecke der Fernsehgebühreneintreiber. Der hatte die Vögel dressiert und ließ sie die

Antenne anfliegen, um Hamm für seine Zahlungsverweigerung zu bestrafen.

Aber das war natürlich unmöglich. Oder nicht?

Die Bilder waren jetzt wieder erkennbar. Auf den Krimi folgte eine Sendung über die Boschinsky-Affäre, die vor 20 Jahren die Republik erschüttert hatte. Der Ministerpräsident eines Bundeslandes war unter mysteriösen Umständen tot aufgefunden worden. Es gab Mordthesen, Verschwörungstheorien. Nichts davon war je bewiesen, aber auch nichts ganz und gar widerlegt worden.

Schlüsselfigur der Affäre war ein junger Journalist mit einem Hang zu kriminellen Machenschaften. Er fälschte Beweise, denunzierte anonyme, fingierte Drohbriefe. Im Nachspiel des Skandals wanderte er wegen Urkundenfälschung, falscher Anschuldigung, Irreführung der Behörden und anderer Delikte für zwei Jahre in den Knast. Nach seiner vorzeitigen Entlassung war er offenbar ins Ausland abgetaucht. Hamm erinnerte sich jedenfalls nicht, etwas von ihm gehört zu haben.

Sein Name war Wolf Thobaben. Ein Filmausschnitt aus der Zeit vor der Affäre zeigte ihn in der Entourage des Ministerpräsidenten. Hamm sprang auf. Das war doch nicht möglich!

Er stellte sich dicht vor die Mattscheibe, um besser sehen zu können. Kein Zweifel. Thobaben sah jünger aus, gewiss. Aber man erkannte ihn dennoch. Die weit auseinander stehenden Augen. Die spitze Nase. Die wieselige Erscheinung.

Er nannte sich jetzt Wolf Michel.

Whatever happens/we have got/the Maxim gun/and they have not.

(britischer Ermutigungsspruch vor der Schlacht bei Karthum, die 1898 durch das neu entwickelte „Maxim"-Maschinengewehr zugunsten der Briten entschieden wurde; aus der Datei „Starke Sprüche")

14

DER STUMPFE BUG DER ALTEN AUTOFÄHRE schäumte das braune Flusswasser auf wie Capuccino. Die betagte „Jochen Steffen" war immer noch ein grundsolides Arbeitspferd. Zusammen mit drei Schwesterfähren bildete sie eine mobile Brücke über die Elbe – weit und breit die einzige Möglichkeit, den breiten Fluss zu queren.

Hamm genoss jede Überfahrt. Wie eine kleine Kreuzfahrt kam sie ihm vor. Man schnitt durch einen Strom von Schiffen. Segelboote, Kümos, Tankschiffzüge, Massengutfrachter und Containerriesen in endloser Kette. Durch den Fall des Eisernen Vorhangs war der Hamburger Hafen zu einem der Hauptumschlagplätze Europas geworden.

Es roch nach Meer, obgleich die Küste ein gutes Stück entfernt lag. Hamm stand an Deck zwischen rauchenden Trukkern, dösenden Vertretern, erwartungsfrohen Urlaubern und lederverpackten Motorradfahrern. Alle waren froh, sich nach langer Kilometerfresserei die Beine vertreten zu können. Unter Deck bekam man in einer Art Kantine, die unfassbar altmodisch war und geradezu nach Denkmalschutz schrie, die besten Würstchen Norddeutschlands. Das hatte sogar die führende Illustrierte des Landes bestätigt.

Der Fahrtwind war warm, als würde die Fähre durch die Karibik laufen. Sommer im Norden. Nichts riecht besser, dachte Hamm. Er war in seinem Leben viel gereist, aber ein Lokalpatriot geblieben. Eigentlich war er immer lokalpatriotischer geworden, je mehr er gereist war. Sicher, die kleine Welt hier oben war ebenso wenig heil wie die große weite Welt. Hamm war in Rio von einer Jugendbande am hellen Tag überfallen und ausgeraubt worden, machte sich aber keine Illusionen über seine Heimat. In der nahen Kreisstadt kam so etwas auch öfters vor, viel zu oft angesichts von nur 45.000 Einwohnern. Auf dem platten Land freilich, wo er wohnte, konnte man sich sicher fühlen. Bis jetzt jedenfalls. Die Dinge, schien es, waren gerade dabei sich zu ändern, dank des geplanten Windparks.

Seine Zielperson in Dänemark hieß Bengt Rasmussen. Hamm hatte eine halbe Stunde im Internet gesurft, um schließlich auf die Homepage des Dänen zu gelangen. Dem war nach eigener Aussage in Frederikshavn die Erstzucht eines Crex crex geglückt.

Außerdem hatte er Wachtelkönige auf Feldern gefunden, wo sie von Erntemaschinen verletzt worden waren. Insgesamt, so gab seine Website an, hielt er nicht weniger als 22 dieser laut EU-Behörden angeblich „überaus seltenen Vögel" in einer Voliere.

Davon würde er doch einen rausrücken? Nur für ein Weilchen, natürlich. Hamm stellte sich einen von einer Erntemaschine geschredderten und in der Folge gehbehinderten Wachtelkönig vor, den sie sicherheitshalber mit dem intakten Bein ans Unterholz binden würden. Um dann die Nummer mit den Vogelschützern abzuziehen. Er sah auch schon die Schlagzeilen der Hamburger Presse vor sich. „Terror-Vogel über Söderfleth." „Kippt der Krächzer die Rotoren?"

Sein Dorf war auf dem besten Wege, berühmt zu werden.

Aber vorher würde er Clarissa besuchen. Er konnte die Vogel-Mission vorschieben, in der er unterwegs war; so tun, als habe er einen Abstecher nach Skagen machen wollen. Ach was. Warum zum Teufel brauchte er Ausflüchte? Er würde ihr einfach sagen, dass er sie sehen wollte. Sehen musste. Sie würde das verstehen. Verstehen? Auf Wolke sieben würde sie schweben! Er erging sich in allerlei Phantasien. Plötzlich tat es einen Ruck.

Die Fähre legte in Glückstadt an.

Es gab zwei Möglichkeiten, nach Skagen zu kommen. Er entschloss sich, nicht die schnellere Strecke über die Autobahnen zu nehmen, sondern die schönere. Sie führte parallel zur Nordseeküste über die Bundesstraße 5 zur dänischen Grenze bei Tondern.

Der Verkehrsfluss strömte zäh. Es war Urlaubszeit. Tausende fuhren jeden Tag hinauf an die Nordküste, um ihre Ferienhäuser zu beziehen. Ebenso viele kehrten zurück. Sie fuhren durch eine sattgrüne Landschaft. Im blassblauen Himmel darüber rotierte es überall surreal. In Schleswig-Holstein gab es noch viel mehr Windparks – Bürgerwindparks – als in Niedersachsen. Hamm staunte. Er war lange nicht mehr hier oben gewesen.

Besonders schlimm sah die Gegend um Husum aus. Auch Theodor Storm würde rotieren, allerdings im Grabe, dachte Hamm. Husums berühmtester Sohn schrieb hier seine Novelle „Der Schimmelreiter". Darin kämpft der junge Deichgraf Hauke Haien einen einsamen Kampf gegen die Unvernunft seiner Zeitgenossen. Hamm hatte die Novelle immer geliebt. Sie schien ihm wie ein frühes Drehbuch zum Westernklassiker „12 Uhr mittags".

Bundesgrenze. Die Grenzer-Häuser auf beiden Seiten waren längst verwaist. Man fuhr einfach hinein ins kleine Königreich, ohne wie früher den dänischen Zoll fürchten zu müssen, der deutsche Urlauber gern mal auf ihre mitgebrachten Alkoholvorräte filzte. Irgendwie vermisste Hamm den Kick, den die kleine Schmuggelei gebracht hatte. Wurde er alt? War er bereits einer von den Säcken, für die früher alles besser gewesen war? Pass op, min Jung!

Er fuhr auf der Reichstraße 11 nach Norden, vorbei an der uralten Backsteinperle Ribe, deren stumpfer Kirchturm in der platten Marschlandschaft schon von weitem zu sehen war. In Varde bog er in Richtung Meer ab, passierte ein paar ausgestorben wirkende, langweilige Städtchen und erreichte bei Nymindegab die Küste.

Der Ort lag hoch auf einem Dünenkamm. An seinem Fuß, wie von Christo installiert, lag eine stahlblaue Plane mit grünem Schilfgürtel – der allmählich verlandende Ausläufer des Ringköbing-Fjords. In einiger Entfernung erstreckte sich ein weiterer breiter Dünengürtel. Dahinter bollerte die Brandung. Man konnte die See schmecken. An diesem Platz hatte man das Gefühl, man werde durch schieres Atmen gesünder.

Die Gegend war ihm vertraut. Am Redningsvej, Blick über wogendes Schilf, rotbraune Heide und enorme Dünen, hatte er sieben Jahre lang ein ochsenblutrot gestrichenes Ferienhaus besessen. Gepachtet, genauer gesagt, da Ausländer keine Immobilien an dänischen Küsten kaufen dürfen. Das große Deutschland hätte sich sonst blitzkriegartig die Sahnestücke des kleinen Nachbarn einverleibt.

Es war eine gute Zeit gewesen. Die beste, die Iris und er zusammen hatten. Lange Spaziergänge, wildes Brandungsbaden, Radtouren in steifer Brise. Im Herbst heulten die Stürme ums Haus. Drinnen fütterten sie den Bollerofen mit Birkenscheiten.

Abends brieten sie sich Aale und Schollen aus dem Fjord. Gute Jahre, ja. Die besten seines Lebens. Als Lisa geboren wurde, schien das Glück perfekt. Ein erfolgsverwöhnter Mann, eine schlanke, gut aussehende Frau, ihr blondes, niedliches Kind. Ein Ibsensches Puppenheim.

In der Zeitung, in der er damals arbeitete, stieg er rasch auf. Die Zeitung war angesehen, besonders ihr Feuilleton. Hamm war als künftiger Kulturchef im Gespräch. Iris war so stolz auf ihn! Wie er es angestellt hatte, mit einem Schlag alles kaputt zu machen, war ihm noch heute ein Rätsel. Er musste den Verstand verloren haben.

Hamm parkte vor dem Nymindegab Kro und ging hinein. Er setzte sich an einen Tisch mit Blick über den Fjord und bestellte Kaffee. An diesem Platz hatten seine Frau und er oft gesessen. Das Frühstück mit den knackigen Brötchen, dem kräftigen Kaffee und dem obligatorischen Käse, den man mit einem Hobel vom Block schnitt, war immer großartig gewesen. Das Mittag- und Abendessen war nicht so toll. In diesem Teil Dänemarks mussten Urlauber kochen können, sonst waren sie aufgeschmissen.

Sein jäher Abstieg als Journalist und Ehemann war die giftige Frucht der Summerisle-Affäre. Er war auf die Insel Summerisle vor Schottland gefahren, auf der Suche nach den letzten Spuren eines toten Dichters. Der war ein Name in Nachkriegsdeutschland gewesen, eine Zeit lang die Nummer fünf oder sechs in der Rangordnung der Großschriftsteller. Eigentlich hatte er nichts Ungewöhnliches geplant. Ein Feuilleton mit Lokaltermin, nicht mehr.

Der Dichter hatte sich in der letzten Phase seines Lebens in ein von Efeu überwuchertes Hexenhäuschen auf Summerisle verkrochen und dort hauptsächlich mit den Gentlemen Single, Malt und Whisky kommuniziert. Weil ihn der Literaturbetrieb anekelte, wie er in einem seiner raren Interviews schimpfte. Weil ihm nichts mehr einfiel, wie manche Kritiker argwöhnten.

Eines Morgens hatte ihn seine Putzfrau gefunden, eine Neun-Millimeter-Beretta in der Hand. Sein Tod hatte die chronisch aufgeregte Kulturszene in zwei Lager gespalten. War er ein Opfer der Medien, die sein Verstummen unfreundlich kommentiert hatten? Oder hatte ihn sein Verleger auf dem Gewissen, der an ihm ein Vermögen verdient hatte, dessen Überweisungen aber auf Summerisle , nur mehr unregelmäßig eintrafen? Auf den Gedanken, der Dichter könne aus freier Entscheidung gehandelt haben, wie so viele Selbstmörder vor ihm, wollte niemand Zeit verschwenden.

Hamm sprach mit den Menschen der Insel. Viel zu berichten hatten sie nicht über den seltsamen Hunnen, der immer fremd auf Summerisle geblieben war. Nicht einmal beim Trinken im Pub waren sie ihm nahe gekommen. An einem Abend, Hamm hatte ein paar Pints im „King's Arms" geleert, kam er auf dem Weg zum Hotel an der Dichterklause vorbei. Niemand hatte sie seit dem Tod ihres letzten Mieters betreten, nicht einmal die Witwe des Dichters.

Das Dorf lag wie tot. Kein lebendes Wesen auf den Straßen.

War es die Gelegenheit? Der Alkohol? Er konnte nicht widerstehen. Schlug die Scheibe eines rückwärtigen Fensters ein, drang in das Haus des Toten ein. Roman-Manuskripte fand er nicht. Ebenso wenig andere nachgelassene literarische Arbeiten. Dafür unabgeschickte Briefe an den Verleger, die Ehefrau und ehemalige Freunde des Dichters. Allen warf er vor, ihn in seiner Lebenskrise verraten zu haben. Im Grunde gab er ihnen die Schuld an seinem Tod.

Hamm nahm kein einziges Blatt Papier mit. Aber er machte sich die ganze Nacht lang Notizen.

Nicht ein einziges wörtliches Zitat hätte er veröffentlichen dürfen. Dann wäre alles gut gegangen – vielleicht.

Es ging schlecht aus. Der Artikel unter dem etwas reißerischen Titel „Tod eines Verstoßenen", den nicht Hamm ersonnen hatte, sondern der Ressortleiter, schlug wie eine Panzerfaust ein. Die Dichterwitwe tobte, nannte Hamm einen Leichenfledderer und sein Blatt eine Dreckschleuder. Von Anfang an wurde er beschuldigt, in das Haus des Toten eingedrungen zu sein – auch von Kollegen, die das viel diskutierte Stück argwöhnisch gelesen hatten. Wie hätte er sonst aus den Briefen des Toten zitieren können?

Natürlich leugnete er den Einbruch.

Für den Verleger des Dichters war die Rache ein Gericht, das kalt genossen wurde. Er ließ seine Beziehungen spielen.

Ein Konkurrenzblatt schickte seinen besten Spürhund nach Summerisle. Der Reporter trieb mit Geld und guten Worten – vor allem mit Geld – schließlich einen Insulaner auf, der Hamm frühmorgens aus dem Haus des Dichters hatte klettern sehen. Der Mann unterschrieb sogar eine eidesstattliche Erklärung. Eine Woche später lief die Story über die News-Ticker. Als Hamm in die Redaktion kam und die Gesichter seiner Kollegen sah, wusste er, dass er erledigt war.

Sein Chefredakteur zitierte ihn zu sich. Er war ein Kumpel aus Hamms Heimatstadt, der ihn irgendwann karrieremäßig überholt hatte; fast so etwas wie ein Freund. Er hielt große Stücke auf Hamms Schreibe und hatte ihn immer gefördert.

Der Chefredakteur stand auf, als Hamm in sein Büro trat, einen riesigen Fünfachser mit Alsterblick, von dessen Wänden überdimensionierte Fotos rotznasiger Kinder den Besucher anfielen.

„Bernie!" Er umarmte Hamm und tätschelte ihm den Rükken. „Du hast getan, was du machen musstest. Jeder gute Reporter hätte das getan."

„Ja", sagte Hamm schwach. Er war sich da nicht mehr so sicher.

„Wirklich, du hast dir absolut nichts vorzuwerfen. War einfach Pech, dass es raus gekommen ist. Ich muss dich natürlich feuern."

„Klar", sagte Hamm. So lief es immer. Reporter mochten zu ihren Informationen kommen, wie sie wollten. Notfalls auch gegen Gesetze oder den Anstand verstoßen. Bloß erwischen lassen durften sie sich nicht. Falls doch, hatten sie die Schuld auf sich zu nehmen und zu erklären, ohne das Wissen von Verlag und Chefredaktion gehandelt zu haben. Im Gegenzug gab es einen Auflösungsvertrag mit einer hübschen Abfindung. Damit diese nicht so üppig aussah, dass man von Schweigegeld hätte sprechen können, war ein Teil der Abfindungssumme in einem Beratervertrag versteckt, der mit einer Tochterfirma des Verlages geschlossen wurde. Drei oder fünf Jahre flossen den Geschassten monatliche Bezüge zu, für die sie nichts tun mussten. Außer die Klappe zu halten.

Bei Hamm lief es genauso. Alles in Ordnung. Unter den gegebenen Umständen. Er litt keine Not und konnte in aller Ruhe nach einem neuen Job Ausschau halten. Und wenn das Jahre dauern sollte. Über alles im Journalismus wuchs Gras.

Was er nicht fair vom Schicksal fand: Summerisle ruinierte seine Ehe. Er war sich nie bewusst gewesen, wie sehr Iris an dem gesellschaftlichen Erfolg hing, den er eine Weile gehabt hatte. Sie selber hatte gerade mal die Mittlere Reife geschafft, war dann Model gewesen und hatte mit einer Boutique Schiffbruch erlitten, bevor sie Hamm kennen lernte. Sie war nicht gebildet, aber bildhübsch. Und, oho, sie war Frau eines nicht unbedeutenden Kulturträgers! Gewesen.

Jetzt war alles im Eimer. Keine Artikel mehr, auf die sie angesprochen wurden, keine Einladungen zu Fernsehdiskussionen, Premieren, Partys, Vernissagen, Empfängen. Ohne den Job als Redakteur eines Bildungsbürgerorgans war Hamm in seinen Kreisen bald nur noch ein geringschätzig bemitleidetes Nichts. Iris und er stritten sich öfter als sonst. Irgendwann hörten sie zu streiten auf. Und schwiegen sich an.

Ein Jahr nach dem Summerisle-Debakel reichte Iris die Scheidung ein.

Es war lange her. Aber die Wunde juckte noch manchmal. Seine Tochter war ihm in den Jahren fremd geworden, ohne dass er es richtig bemerkt hatte. Was in den Köpfen pubertierender Mädchen vorging, war ihm schon ein Rätsel gewesen, als er selbst noch in der Pubertät steckte. Wenn er sich heute mit ihr traf, bedeutete es für beide immer eine Art Mühsal. Die Tochter war ganz auf Iris fixiert. Er ahnte, dass sie das später bereuen würde, und er wusste, dass er eigentlich eine Pflicht hatte, eine Beziehung zur Tochter zu halten. Aber sie war für ihn wie aus einer alten Welt, mit der er nichts mehr zu tun hatte.

Dass Hamm nicht in den Alkohol abdriftete wie andere, verdankte er Karwunkel. Blöder alter Kerl. Karwunkel war sogar noch stolz darauf, eine gründlich verkrachte Existenz wie Hamm in seinen Menschenzoo sperren zu können. „Der Mann ist ein richtiger Pitbull“, pflegte er ihn manchmal vorzustellen. „Der lässt einfach nicht locker.“ Hamm hätte ihn dafür würgen können. Und auch wieder nicht.

Auf Matrosen, ohé! Nach vorn geht der Blick! Zurück darf kein Seemann schaun! Er schüttelte die Erinnerungen ab, stieg in seinen VelSatis und gab dem Diesel Stoff, dass die Kiesel spritzten. Was zählte, war die Zukunft. Und die hatte Augen. Braune Augen.

Er fuhr nach Norden, durch die nicht enden wollende Dünenlandschaft. Links und rechts der Straße zogen Ferienhaussiedlungen vorbei. Dann wieder Naturschutzgebiete, in denen kein einziges Häuschen stand. Manchmal gab eine Lücke in den Dünen den Blick auf das tobende Meer frei.

Später mäanderte die Straße am Limfjord, wo Anglerhorden jeden Zugang zum Wasser besetzt hielten. Der Weizen auf den Feldern stand hoch. Das Land verströmte ein Gute-Laune-Gefühl, das sich aus uralten Quellen speiste. Er umfuhr Aalborg, eine Hafenstadt am Limfjord, und gelangte auf die Autobahn nach Hjörring. Am späten Nachmittag erreichte er Skagen.

„Ich weiß, ich bin ein schlechter Mensch. Aber schlechte Menschen muss es auch geben."

(Franco Nero in „Lasst uns töten, Companeros!"; aus der Datei „Starke Sprüche")

15

„SCHÖN, DASS SIE GEKOMMEN SIND", sagte sie. „Es ist genau der richtige Monat." Hamm stierte leicht verlegen auf seinen Fischteller. Sie saßen nebeneinander an einem der langen Holztische, die am Fiskehuskaj aufgestellt waren. Die Bänke waren bis auf den letzten Zentimeter mit Urlauberhintern besetzt.

Die meisten waren Skandinavier. Hauptsächlich Segler aus Norwegen, deren Boote dicht gedrängt im Sportboothafen lagen. Er hieß hier bezeichnenderweise Lysthavn, wörtlich übersetzt Lusthafen. Die Cateringfirmen machten Riesenumsätze. Alkohol war im lockeren Dänemark deutlich billiger als im Puritanerland Norwegen. Bierkiste um Bierkiste, Schnapsflasche um Schnapsflasche verschwand im Bauch der Boote.

Noch bevor er in Skagen eintraf, hatte er Clarissa auf ihrem Handy angerufen. Sie war gerade in Skagens Museum, wo viele der besten Bilder aus der Schule der Skagen-Maler ausgestellt waren. Sie hatten sich am Hafen verabredet. Hamm hatte etwas von dem Wachtelkönig gemurmelt, den er abholen wolle, und da habe er eben gedacht... kleiner Umweg...

Clarissa hatte ihn nur angesehen. Ein ganz kleines Ziehen der Unterlippe verriet, dass sie sich amüsierte.

„Wissen Sie, dass es hier toll ist?", fragte sie unvermittelt.

„Was genau?"

„Die Stimmung. Es ist jetzt fast bis Mitternacht hell. Später kommen Gaukler, Feuerschlucker, Straßenmusiker. Die Leute tanzen auf dem Tisch. Können Sie sich das vorstellen?"

„Schwer. Skandinavier schlafen nach dem dritten Dünnbier ein, dachte ich immer."

„Nicht hier. Nicht im Sommer. Es gibt sogar ein Kult-Duo namens Sussi und Leo. Die beiden singen und spielen dänische Schlager, auf die ganz schräge Tour."

„Sollte sich Ihr Reisebericht nicht um seriöse Künste drehen?"

„Geht gar nicht anders. Skagen ist ein einziges Kunstmuseum. Die Kopenhagener Maler haben den Ort Mitte des 19. Jahrhunderts entdeckt, wegen seines Lichts. Es ist hier unglaublich intensiv, weil der Ort von drei Seiten vom Wasser umschlossen ist."

Sie erzählte von den verrückten Figuren, die sich hier niedergelassen hatten, die Speerspitze einer wahren Künstlerrevolte gegen den Kopenhagener Akademie-Muff des späten 19. Jahrhunderts. Maler wie Carl Locher, Viggo Johansen oder das Ehepaar Michael und Anna Ancher waren von den französischen Impressionisten beeinflusst. Ihre Bilder spiegeln Licht und Weite. Ein Gemälde von schweifender Schönheit hatte der Norweger P. S. Kroyer geschaffen. Es zeigt zwei ins Gespräch versunkene Damen in den langen Kleidern der damaligen Mode beim Strandspaziergang.

„Es gehörte mal Axel Springer", sagte sie. „Der vermachte es in seinem Testament dem dänischen Volk. Als Dank für die Rettung der dänischen Juden während der Besatzungszeit."

„Clarissa, Sie wissen so viel..."

Hamm fragte sich, ob das nicht etwas übertrieben klang,

bemerkte aber, dass Clarissa, eine erwachsene Frau immerhin, leicht errötete. Er fasste Mut und legte seine Rechte auf ihre Linke.

„Das meine ich so." Sie zog ihre Hand nicht weg. „Überhaupt finde ich Sie..."

Sie sah ihn an und lachte nur. „Fahren wir zum Gra Fyr. Es bleibt noch lange hell."

Der „graue Leuchtturm" stand etwas außerhalb der Stadt unweit der Stelle, wo sich die Wellen von Skagerrak und Kattegatt mischten. Er blinkte im Sommer ab elf Uhr abends, wenn auch nur wegen der Touristen. Niemand auf See benötigte im Zeitalter der Satellitennavigation noch Leuchtfeuer.

Eines Tages wird es keine Leuchttürme mehr geben, dachte Hamm. Nur noch Mobilfunk-Antennenmasten. Und Windräder.

Sie gingen an den Buhnen entlang, die quer zum Land ins Meer getrieben worden waren, um die Strömung zu verlangsamen. Sie räusperte sich.

„Bitte eine ehrliche Antwort, Bernhard: Finden Sie mein Buch wirklich – druckbar?"

Er strahlte sie an. „Ich finde es – filmreif."

„Ist das ein Kompliment?"

„Wenn Sie von der Qualität der meisten Filme ausgehen – nein. Wenn Sie die wenigen gelungenen Filme nehmen, die auf Büchern basieren – ja."

„Wie soll ich denn an Filmleute rankommen? Ich kenne nicht einen einzigen Regisseur oder Produzenten."

„Das mache ich... äh, der Verlag. Wir peilen natürlich eine Fernsehproduktion an. Bei Kinofilmen ist die Finanzierung zu kompliziert."

„Steht dann auch Ihr Name im Abspann?"

„Selbstredend. Ich verschaffe mir bei der Sache einen irrsinnig hoch dotierten Nebenjob. Als Co-Drehbuchautor zum Beispiel."

„Wir kommen dann beide im selben Abspann vor?"

„Hintereinander. Sie aber zuerst. Weil Sie die Kreative sind, ich nur der Wasserträger."

„Werden wir auch bei den Dreharbeiten dabei sein?"

„Aber sicher! Zum Beispiel bei den Szenen, die auf Gomera spielen. Für Reisespesen wird vertraglich gesorgt."

„Ob wir eventuell mitspielen dürfen? Ich meine, nur in klitzekleinen Rollen?"

„So wie Hitchcock? Okay, Lady. Werde sehen, was sich machen lässt." Er zog eine großspurige Grimasse, wie der Agent einer zickigen Bestsellerautorin. Ohne Warnung fielen sie sich in die Arme. Ihre Bewegungen waren synchron. Er küsste sie. Sie küsste zurück. Sie schmeckte nach Salz. Er sicher auch. ‚Der Wind hatte aufgefrischt und blies in ihre Ohren. Auf See waren die Silhouette und die schwachen Positionslichter eines Segelbootes zu erkennen. Der Leuchtturm schoss seine Lichtpfeile über sie hinweg. Hamm hätte auch den Leuchtturmwärter umarmen können. Gab es überhaupt noch einen? Oder wurde das Gra Fyr längst ferngesteuert, wie viele andere Leuchtfeuer auch?

Das Hotel lag in einer Seitenstraße, umgeben von gelb getünchten, niedrigen Häusern mit roten Ziegeldächern, deren äußere Kanten – ein Markenzeichen Skagens – ein eigentümliches weißes Muster aufwiesen. Sie wohnte dort seit drei Tagen. Er verlangte ein Zimmer, obwohl er wusste, dass er kein eigenes brauchen würde. In der Gaststube bestellten sie Bier und Bitterlikör. Die Kneipe war gut besucht, der Lärmpegel beträchtlich. Trotzdem kam es Hamm vor, als säße er allein mit Clarissa im Raum.

Über ihnen hing ein gewaltiger Ölschinken, der ein Segelschiff in schwerer See zeigte. Ein knorriger Skipper mit Pfeife und Backenbart hielt das Ruder. „Könnte von einem Skagen-Maler sein", sagte Clarissa. „Sie haben hier manchmal ihre Zeche mit Bildern bezahlt."

War es der Alkohol? Oder war es einfacher, hier oben, in einem anderen Land, weit weg von Söderfleth, über gewisse Dinge zu reden? Sie umkreisten sich mit Geschichten, die umso persönlicher wurden, je länger sie zusammen saßen. Ließen die eine und andere Bemerkung über die eigene Vergangenheit fallen, redeten über Nähe und Distanz, und warum „viele Leute" (die „Leute" waren, ohne dass sie es sagen mussten, sie selber) beides gleichzeitig wollen und wie sie schließlich feststellen, dass das nicht besonders gut funktioniert. Irgendwann schnitt sie das Thema an, das anzusprechen er sich nicht getraut hatte.

„Nach meiner Scheidung fiel ich in das berühmte tiefe schwarze Loch", sagte sie. „Hätte ich nie gedacht. Es war alles so vernünftig arrangiert. Kein Streit um Geld. Keine Kinder. Es hätte klappen müssen. Schmerzlos." Sie lächelte, aber es war kein echtes Lächeln. „Nein, schmerzlos war es nicht."

Ihr Mann, sagte sie, sei Regierungsdirektor im Umweltministerium in Hannover. Das Haus, ursprünglich das Wochenenddomizil der beiden, hatte er ihr überlassen, ohne eine Bedingung zu stellen. „Warum habt ihr euch getrennt?", wollte Hamm wissen. Er musste das wissen, obwohl er es auch wieder nicht wissen wollte.

Clarissa schwieg. Sah an ihm vorbei auf die Bilder. Hamm hatte das Gefühl, weiter fragen zu müssen.

„Wart ihr – zu verschieden?"

„Überhaupt nicht. Er ist kein Beamtentyp, alles andere als das. Liest Bücher, die nie auf Bestsellerlisten erscheinen, sieht Filme, die nie aus den kleinen Kinos raus kommen, ist begeisterungsfähig für Dinge, die nichts mit seinem Job in der Politik zu tun haben. Wir haben uns gut verstanden. Was heißt gut – wunderbar."

So genau wollte Hamm es nun auch nicht wissen. Elogen auf den Verflossenen, das konnte er in seiner heutigen Hochstimmung gar nicht brauchen. Das Gespräch drehte sich gegen ihn. Aber er war ein gelernter Interviewer, und deshalb fragte er weiter.

„Was war es dann? Hattet ihr Schwierigkeiten mit dem...?" Er musste den Satz so verdruckst ausgesprochen haben, dass sich Clarissa seiner erbarmte und die Frage selber auf den Punkt beantwortete.

„Im Bett? Oh nein! Sex war sehr okay."

Hamm fühlte einen kleinen Stich in der Brust. Gegen was für einen Superman hatte er da anzutreten? Ein hochrangiger Beamtenarsch, der denselben offenbar auch noch hoch kriegte – was blieb da von ihm, Hamm, einer gründlich gescheiterten Existenz, noch übrig? Dort, ein Mann von Welt und Einfluss, daheim auf jedem Parkett; hier, der Lohnsklave eines irren Verlegerfreaks, der gerade dabei war, sich in zweifelhafte Machenschaften verstricken zu lassen.

Gleichzeitig war er auf eine abgründige Weise beruhigt. Clarissa schien keine dieser Frauen zu sein, die Sex nicht wirklich mögen. Er hatte in seinem Leben einige Beziehungen zu Frauen gehabt, welche unter körperlicher Liebe in tiefster Seele Kuscheln verstanden.

„Aber warum, Clarissa? Warum habt ihr denn verdammt noch mal überhaupt Schluss gemacht?" Sein Ausbruch, wohl dem letzten Bitterlikör zu verdanken, reute ihn augenblicklich. Das war doch viel zu intim! Er war doch nicht ihr Therapeut! Er beabsichtigte ernsthaft, wenn nicht verzweifelt, ihr Lover zu werden. Was quatschte er denn bloß?

Clarissa zögerte keine Sekunde: „Er ist untreu. Chronisch untreu. Pathologisch untreu. Das ist sein einziger Fehler. Mir fällt kein anderer ein. Aber für eine Frau langt er durchaus, weißt du."

Robert, wie sie ihn beschrieb, war entweder ein klassischer Fall von Donjuanismus. Oder ein manischer Frauenflachleger, der seiner eigenen Sexualität im Grunde nicht traute.

Vielleicht gehörte beides in dieselbe Schublade. Jedenfalls war sie durch eine Freundin dahinter gekommen, dass ihr begeisterungsfähiger Robert kaum eine Dienstreise absolvierte, ohne eine der mitreisenden oder vor Ort verfügbaren Damen anzugraben. Meistens mit Erfolg.

„Ich habe ihn irgendwann mit seinem Fremdgehen konfrontiert", sagte sie. „Er war zerknirscht. Ehrlich zerknirscht. Hat geschworen, dass... nie wieder... bei allem, was ihm heilig ist. Aber es ist natürlich wieder passiert. Das ist wie der Jagdinstinkt bei einem Hund. Den kriegst du nicht raus. Es ist nicht seine Schuld. Es ist die Natur, es sind die Gene, was weiß ich."

Hamm gefiel die Geschichte aus zwei Gründen. Erstens war Robert, das Wolfsblut, offenbar ein unheilbarer Womanizer, der somit für ihn, den grundsoliden, monogamen Hamm, keine Gefahr darstellte. Oh, er hatte das schon mal anders erlebt! Vier Monate große Liebe und tolle Pläne, und dann tauchte der Ehemalige aus der vermeintlichen Versenkung auf, mit seinem Dreitagebart und dem tragikumflorten Blick. Und erzählte irgendwas von Reisen durch Mittelamerika, hombre, was für Sachen! Und Maike, die der Bursche schnöde hatte sitzen lassen, war sofort hin und weg. Hin zum Ex. Weg von Hamm.

Zweitens gefiel ihm, wie sie die Geschichte mit Robert erzählt hatte. Er hatte immer ein schales Gefühl, wenn ihm Menschen etwas von der Gemeinheit ihrer Partner vorjammerten, sie selber natürlich Unschuldslämmer. Dabei gab es keine privaten Trümmerfelder, an denen nicht beide Seiten wacker gearbeitet hatten. Jeder wusste das, und es anders darzustellen, war eine Beleidigung derer, die sich solche Jeremiaden anhören mussten.

Doch hier war gar kein Hass hoch gekommen, keine Verbitterung, keine Schuldzuweisung. Es hatte nicht sollen sein mit Clarissa und Robert. Das war alles. Schicksal. Natürlich war es bestimmt nicht so einfach für Clarissa gewesen, wie sie es vorgab mit ihrer lakonischen Schilderung. Den wirklich schmerzhaften Teil der Affäre behielt sie wohl für sich. Und das war gut so. Es gibt Erfahrungen, wusste Hamm, die man mit niemandem teilen kann. Und auch mit niemandem teilen soll. Am wenigstens mit einem, den man liebt.

„Habt Ihr noch Kontakt?" fragte er. Sie nickte.

„Einmal im Jahr verbringen wir einen Nachmittag. Am Dreikönigstag. Geht gut. Reißt nichts auf."

Als sie schließlich die knarrenden Treppenstufen hoch stiegen, war alles ganz leicht. Sie schloss ihre knarzende Zimmertür auf. Er folgte ihr. Es war spät, doch immer noch nicht richtig dunkel. Sie zog die Vorhänge zu. Bald würde es wieder hell werden. Die weißen Nächte des Nordens, dachte Hamm. Die kurzen weißen Nächte.

Das Bett ächzte. Es war sehr schmal und ziemlich kurz, wie viele dänische Hotelbetten. Die Laken rochen nach chemischer Reinigung. Die Kopfkissen flach wie Topflappen. Dänische Hotelzimmer waren immer eine Herausforderung für die Liebe. Aber die langen Sonnentage, die Aerosole in der Luft und die beständige Massage des Windes übten eine zuverlässige aphrodisierende Wirkung aus, welche die Unbequemlichkeiten mehr als aufwog.

Hamm wusste aus trüber Erfahrung, dass die Liebe auf so genannten Liebesinseln in der Ägäis oder vor der Amalfiküste, gar nicht zu reden von der feuchtheißen Karibik, oftmals ein wenig zu kurz kam. Während im scheinbar langweiligkühlen Dänemark, dem kleinen Königreich der Urlaubsspießer, sich das Sexleben durchaus rege gestalten konnte.

Vorausgesetzt, man hatte die richtige Partnerin.

Er fand seine Erinnerungen aufs Schönste bestätigt. Und seine Partnerin in bester Form, in jedem Sinn des Wortes. Ihre Körper schienen aufeinander gewartet zu haben. „Wenn ein Paar, das sich noch nicht lange kennt, miteinander schläft, hat die erste Nacht immer etwas Ungeschicktes, Provisorisches. Aber es ist nicht die erste Nacht, die zählt. Es ist der Morgen danach." Hamm hatte das mal vor vielen Jahren in einer Reportage geschrieben; in den frühen Achtzigern, als „Beziehungskisten" eine Zeitlang das große Thema aller Medien waren.

Er fand, dass sein Text sich in der Rückschau reichlich geschwollen anhörte und so auch gar nicht stimmte. Was passierte, hatte jedenfalls nichts Ungeschicktes an sich, nichts Provisorisches. Aber eben auch nichts Routiniertes, wie er erfreut feststellte. Wie die meisten Männer schätzte es Hamm, wenn eine Frau gut im Bett war. Aber auch wieder nicht zu gut, wenigstens nicht am Anfang. Hamm war sich seiner Doppelmoral durchaus bewusst, nahm sie aber billigend in Kauf. Er war eben auch nur ein Mann. Wie hatte Clarissa so schön gesagt: „...die Gene, was weiß ich..."

Sie liebten sich, bis es hell wurde. Es stimmte alles. Ihre Haut roch wunderbar. Ihr Körper, warm und fest. Seine Finger glitten durch ihre kühlen Haare. Alles stimmte.

Und am Morgen danach würde es immer noch stimmen. Clarissa drückte sich wohlig seufzend zur Seite, als Hamm ihr sein Kinn in die Halskuhle legte. Er schlief halb ein, hörte ihre Atemzüge, genoss sie wie Musik, dachte im Kreis herum. Was für ein Tag. Schlafen, schlafen, und gemeinsam aufwachen. Gibt es was Besseres? Morgen sehen wir weiter.

•

Von Skagen nach Frederikshavn war es ein Katzensprung. Beziehungsweise ein Flügelschlag des Crex crex. Wieder führte die Straße parallel zum Meer, nur war es diesmal die phlegmatische Ostsee. Und wieder sprenkelten Ferienhäuser und Campingplätze die Gegend.

Die Strände waren nicht so breit wie an der Nordsee und

fielen sanft ins Wasser ab. Der richtige Ort für Familien mit kleinen Kindern. Hamm allerdings war niemals an die Ostsee gefahren, in der Zeit mit Iris und Lisa. Die Ostsee ist eine langweilige Wanne, pflegte er zu sagen.

Seine Finger trommelten auf dem Lenkrad. Aus dem Radio kam Salsa-Musik. Schiebedach und Fenster waren geöffnet. Im Inneren des Wagens tobte ein Sturm. Hamm fühlte sich, als habe man ihn an ein Menschen-Ladegerät angeschlossen. Als ihn kurz vor Frederikshavn der rote Blitz einer Radarfalle traf, gackerte er wie über einen Witz. Liebe macht nicht blind, dachte er. Liebe macht blöd.

Es war natürlich nicht so gewesen wie in amerikanischen Filmen. Nicht so hektisch, nicht so aufdringlich. Eher war es wie in einem französischen Film aus den sechziger Jahren, wo Faire l'amour bedeutete, einer ganz und gar entspannten und zugleich äußerst ernsthaften Tätigkeit nachzugehen. Un homme et une femme. Da-da-da-dadadadada, da-da-dadadadada. Das Erkunden des anderen hat immer etwas von der Spannung, mit der man als Kind die Fensterchen vom Weihnachtskalender öffnete. Übrigens besaß Clarissa genau die Art von Po, die er mochte, mittelgroß und durchtrainiert. Ein Fahrradsattelpo. Bei den Brüsten war die Überraschung… das Handy schnarrte.

„Wo verdammt steckst Du? Ich habe hier die Entwürfe für das Krimi-Cover. Bist du mit dem Text fertig? Wir kommen in Verzug. Das Ganze muss jetzt endlich mal drucken."

Karwunkel. Sieh an, auch er dachte an Clarissa. Ein wunderbares Omen. Hamm bemerkte, dass er begann, an esoterischen Schwachsinn wie nicht zufällige Zufälle zu glauben. Sicheres Anzeichen für den Verlust von Verstand, der zur Verliebtheit parallel marschiert. Leichten Herzens funkte er seine Lügen ins Netz.

„Ich arbeite dran. Mit der Autorin. Wir sind fast – so weit." Er gluckste.

„Bernie? Bist du noch dran?" Die Verbindung schwächelte. „Bernie? Also, komm morgen in den Verlag. Spätestens übermorgen, hörst du?"

„Zu Befehl, Grövaz." Größter Verleger aller Zeiten, nannte Hamm ihn manchmal. Karwunkel kannte Hamms Schandmaul. Den Schmäh nahm er halb geschmeichelt hin. Er war leicht zu erfreuen, das gehörte zu seinen besseren Charakterzügen. Kannst mich mal, dachte Hamm gut gelaunt. Das Wichtige zuerst. Karwunkel konnte froh sein, dass Hamm seine ganze Kraft in dieses Projekt investierte. Bei Erfolg würde der Verleger alle Meriten schamlos für sich reklamieren, wie üblich.

Die Brüste also waren größer, als Hamm sie eingeschätzt hatte. Es lag wohl daran, dass er Clarissa immer nur in weiten Blusen und Pullovern gesehen hatte, die sie zu bevorzugen schien. Sie betrieb sozusagen Brust-Understatement. Underbreastment? Gab es das Wort im Englischen? Er würde im Wörterbuch nachschauen. Wieder kicherte Hamm etwas irre. Andere wucherten mit Wonderbras und anderem betrügerischem Talmi. Nicht so seine Clarissa! Das hatte sie nicht nötig. Eine Woge von Zärtlichkeit erfasste ihn. Was sie wohl über ihn denken mochte? Sie war sehr zärtlich gewesen. Hinterher.

Der Vogelzüchter wohnte im Fischerviertel Fiskerklyngen. Es war das Vorzeigemilieu der Industriestadt, deren geschäftiger Hafen nicht eben romantisch anmutete. Das Fachwerkhäuschen mit den winzigen Fenstern und den Stockrosen, in dem der Züchter wohnte, war aber die reinste Postkarte. Doch Hamm sah auf den zweiten Blick, dass es dringend der Renovierung bedurfte. Der Vogelfreund schien nicht täglich in einem Pool von Dänenkronen zu baden.

Bengt Rasmussen sprach deutsch mit jenem Vivi Bach-Akzent, den man südlich der Grenze so liebt. Er war ein Mann in seinen Siebzigern, der als Kind noch die Besetzung

Dänemarks durch deutsche Truppen erlebt hatte. Er erwähnte das ohne die Spur eines Ressentiments.

Vor Jahrzehnten war der Wachtelkönig zu seiner Passion geworden. Das erste Exemplar des Zugvogels hatte er verletzt am Rand eines abgemähten Kornfeldes gefunden. 1994 war ihm die Welterstzucht eines Crex crex gelungen, unter Ornithologen eine Sensation.

Als Bodenbrüter litten die Vögel unter der Intensiv-Landwirtschaft, die ihnen maschinell den Garaus zu machen drohte. Zumindest hier, in Westeuropa. Im Osten, etwa in Polen, gab es Wachtelkönige en masse, erfuhr Hamm. Von einem Sterben der Art konnte keine Rede sein. Aber das hatte sich bis Brüssel nicht herumgesprochen. Hier galt Crex crex als Rarität. Die EU-Vogelschutzrichtlinie klassifizierte ihn als „global bedroht".

Rasmussen lag seit langem mit seinen Nachbarn im Clinch. Denn die hässlichen, im Schnitt 26 Zentimeter langen Rallen machten einen Höllenlärm – bis zu 25.000 Balzrufe pro Nacht und Vogel. Der zweisilbige Ruf crerrp crerrp nervte gewaltig. „Der Ssalldruck is unverwesselbar", freute sich Rasmussen. „Bis zu 106 Dezibel, das is wie Fluchsseuchlärm." Dass die Nachbarn ihn dafür hassten, nahm er in Kauf. „Euer Goethe hat mal gesagt: Auch Flöhe und Wanzen gehören zum Ganzen."

Hamm gab vor, ein männliches Exemplar für Fotozwecke ausleihen zu wollen. Man arbeite an einem Buch über den seltsamen Vogel. Die Aufnahmen könnten aber nur im Studio in Hamburg gemacht werden. Als er seine Bitte mit einer 1000-Kronen-Spende unterstrich, konnte Rasmussen nicht nein sagen.

Er rückte sogar noch als Leihgabe einen Käfig und genügend Futter für drei Tage heraus. Hamm schätzte allerdings, dass sie den Krakeler in Söderfleth mindestens eine Woche lang benötigen würden. Davon sagte er vorerst lieber nichts.

Eine weitere Spende würde den Rallen-Papst mit der Verspätung versöhnen.

Nachdem er sich genau erkundigt hatte, wo sich Wachtelkönige gewöhnlich aufhalten, startete Hamm in Richtung Söderfleth. Der Vogel saß im Käfig auf dem Beifahrersitz und schwieg fein stille. Daher konnte Hamm sein Krächzen nicht über Handy an Clarissa übermitteln, wie er es vorgehabt hatte. Sie war skeptisch.

„Und du glaubst, sie kaufen uns die Sache ab?"

„Wir halten uns da ganz raus. Wir alarmieren die Ornis vom Naturschutzbund. Und die Grünen. Stecken ihnen, woher die Rufe kommen. Dann läuft alles wie von selbst."

„Klingt verrückt."

„Hat aber funktioniert. In Hamburg zum Beispiel."

Clarissa war mit den Gedanken woanders. „Du?"

„Ja?"

„Vermisst du mich?"

„Negativ. Hab 'ne Braut in jedem Hafen." Er gab den blonden Hans. „Ein Wiiind geht von Süd und zieht mich hinaus auf Seeee."

„So seid ihr Kerle. Sobald ihr habt, was ihr wolltet, werdet ihr frech."

„Hab' gerade erst angefangen mit dem Wollen."

„Purrrrrrhhh", Clarissa schnurrte in den Hörer. Klang gut. Wie seine Katze, wenn er sie streichelte.

Wie kindisch sich erwachsene Menschen aufführen können, dachte Hamm erfreut. Conny Francis hatte recht. Die Liebe war ein seltsames Spiel.

„Manchmal bin ich nicht mehr meiner Meinung."

(Wolf Biermann, aus der Datei „Starke Sprüche")

16

ALS ER IN DEN WEG ZU PETERS HAUS BOG, sah er schon die Blaulichter. Was war da los? Unfall? Einbruch? Oder wieder ein rätselhafter Brand, wie bei Bauer Vieljans?

Näher kommend, erkannte er ein ganzes Aufgebot. Drei Streifenwagen, drei kleine Mannschaftstransporter. Kein Krankenwagen. Mindestens ein Dutzend Polizisten war um das Haus verteilt. Das sah nicht nach Unfall aus.

Das roch nach Razzia.

Er parkte vor der Tenne. Uniformierte transportierten Pappkisten ab. Eine stand offen. Es waren Bücher darin. Hamm konnte einen Titel aufschnappen, dessen Schrifttype altertümlich anmutete. „Hans Grimm: Volk ohne Raum." Grimm? Das war jener Schriftsteller, der unter den Nazis zu ganz großen Ehren kam. „Volk ohne Raum" von 1926 galt als eine literarische Vorbereitung auf den Angriffskrieg im Osten. Das Buch war Pflichtlektüre im Dritten Reich.

Neonazis! Aber doch nicht hier! Hamm sah Peters und seine Frau am Eingang stehen. Sie wirkten geschockt und hilflos. „Was macht die Polizei hier?", fragte er. Peters' Gesicht war ein Fragezeichen.

„Sie kamen vor einer Stunde mit einem Hausdurchsuchungsbefehl. Sagten, es gäbe Hinweise, dass hier Kameradschaftstreffen stattfinden. Leute von der Krüger-Truppe sollen hier gewesen sein."

„Und?"

„Natürlich alles Irrsinn. Bin ein alter Sozi, Mann!"

„Schon klar, aber was schleppen die da ab?"

„Das ist es ja! In der Tenne, wir gehen da selten rein, lag tatsächlich jede Menge Nazischeiß rum. Bücher aus der NS-Zeit, Reprints von alten Propagandaplakaten, Flugblätter mit NPD-Parolen, Hakenkreuzfahnen, Waffenjournale, Landserhefte, leere Bierkästen. Sah exakt so aus, als hätten Krügers Leute hier eine Schulung oder so was gemacht."

Siegfried Krüger, ein wegen Volksverhetzung mehrfach vorbestrafter Rechtsanwalt, war der aktivste Neonazi im Norden. Ein Überzeugungstäter, den kein Knastaufenthalt beirren konnte. Ende der sechziger Jahre hatte er der extremen Linken angehört, war dann auf die äußerste Rechte gedriftet.

In bürgerlichen Kreisen gab er das Paradebeispiel für die Konvergenz-Theorie ab, nach welcher Extremisten aller Couleur sich wesensgleich sind. Dass also rechts und links im Grunde dasselbe ist. In der Neonazi-Szene genoss er Märtyrerstatus. Seine Leute, hieß es, würden sich für ihn in Stücke reißen lassen.

Vermächtnisse von Altnazis hatten ihn reich gemacht. Vor einem Jahr hatte er ein weitläufiges Anwesen in der Gegend gekauft. Der Hof zog Rechtsextreme aus ganz Deutschland an. Es wurde viel gemunkelt, über Wehrsportübungen, Gehirnwäsche. Sogar von homosexuellen Orgien war die Rede. Krüger, hieß es, sei ungeachtet seiner Brandreden über das angebliche Aussterben der Deutschen stockschwul, und einige seiner Kader auch. Nazis, egal ob alte oder neue, beschäftigten zuverlässig die Phantasie der Menschen in Deutschland.

Seit die Rechtsextremen bei Wahlen wieder Erfolge errangen, fuhr die Landesregierung einen harten Kurs. Gegen paramilitärische Verbände wurde mit allen gerade noch legalen Mitteln vorgegangen. Der Verfassungsschutz platzierte in manche Gruppen mehr Spitzel, als dort echte Nazis herumliefen. Beim Verdacht auf Besitz von Waffen oder verbotenen Emblemen wurden die Treffs der Braunen gestürmt, die Anführer festgenommen und angeklagt.

In dieser Situation schlug unvermeidlich auch die Stunde der Denunzianten. Nichts leichter, als einen verhassten Menschen in Nazi-Nähe zu bringen – Anruf bei der Polizei genügte. Meist lösten sich erlogene Denunziationen aber schnell in heiße Luft auf.

Aber bei Peters war wirklich Propagandamaterial gefunden worden. Dass er etwas mit der Naziszene zu tun hatte, hielt Hamm für ausgeschlossen. Also musste ihm Material untergeschoben worden sein. „Seid ihr die vergangenen Tage hier gewesen?“, fragte er.

„Nicht die letzte Woche. Wir haben Verwandte in Hannover besucht.“

„Dann kann ich mir denken, wie es gelaufen ist. Ich muss euch jetzt was sagen, was ich längst hätte sagen sollen.“

Er erzählte von Michel, den er verdächtigte, etwas mit den merkwürdigen Vorfällen der letzten Zeit zu tun zu haben. Und zwar im Auftrag von Wonderwind. Erstens war Michel kein Buchautor. Wovon lebte er dann? Zweitens hatte er schon einmal, beim Skandal um den toten Ministerpräsidenten, anonyme Anzeigen geschrieben, Beweise gefälscht und anderen untergeschoben. Dafür war er in den Knast gewandert.

Der Einsatzleiter der Durchsuchungsaktion trat zu Peters und gab ihm eine Quittung. „Sie bekommen alles zurück, was nicht gegen geltende Gesetze verstößt“, sagte er förmlich. Peters nickte mit der Andeutung eines Lächelns. Der Mann war nicht sein Feind. Der Feind war jemand anders.

Er fragte aus einer Eingebung heraus: „Wo übernachtet dieser Michel, wenn er hier ist? Im Hotel an der Bundesstraße? Oder hat er hier Freunde?"

Hamm grinste. „Denkst du, was ich denke?" Und Peters grinste zurück. Ich hab' ihn einfach geduzt, fiel Hamm hinterher ein.

Reporter zu Wyatt Earp: „Nicht alle Probleme lassen sich mit dem Revolver lösen." Wyatt Earp zum Reporter: „Sie würden sich wundern, was sich alles mit dem Revolver lösen lässt."

(aus „Doc" mit Stacey Keach, aus der Datei „Starke Sprüche")

17

HIN UND HER, HER UND HIN. Hamm tigerte im Kaminzimmer seines Hauses auf und ab wie ein Knacki in der Zelle. Er rauchte die erste Zigarette seit sechs Monaten und wusste, er war wieder rückfällig geworden. Mist! Ganz ohne Nikotin hielt er es immer nur solange aus, wie die Dinge ruhig ihren Lauf gingen. Gab es Aufregung, Veränderung, Stress, griff er früher oder später zur Zigarette. War er zu schwach? War die Sucht zu stark? Wie auch immer die Sache lag, er konnte wohl ebenso gut mit dem Aufhören aufhören. Wenigstens würde er diesmal versuchen, weniger zu rauchen, redete er sich ein.

The windmills of your mind. Mechanisch kraulte er die Katze. In seinem Kopf schwirrten Fragen und Gedankenfetzen. Wer hatte die Aktion auf Peters' Tenne abgezogen? Wer hatte daran ein Interesse? Wer die Möglichkeit? Es gehörte eine gewisse Logistik dazu. Nazidevotionalien gab es nicht im Supermarkt oder beim Trödler an der Ecke. Wer den Türken bei Peters gebaut hatte, musste außerdem Informationen über die Örtlichkeiten und Peters' Abwesenheit vom Hof gehabt haben.

Und er musste sich einen Kleinlaster oder einen Minivan voll mit braunem Gerümpel besorgt haben, um eine perfekte Szenerie aufzubauen. Immerhin waren zu Beginn der Razzia auch Beamte vom Landeskriminalamt vor Ort gewesen. Die konnte man nicht so einfach täuschen. Die wussten genau, wie's bei Adolfs Erben unterm Sofa ausschaute.

Waren es womöglich mehrere Täter? Wäre es einem Einzelnen überhaupt möglich gewesen, die Sache durchzuziehen? Hamms Gedanken wurden umso konfuser, je länger er grübelte.

Er musste es machen wie in Kriminalfilmen, wo die Polizisten Beziehungsdiagramme an eine Tafel malten, Pfeile die Haupt- und Nebenverdächtigen miteinander verbanden. Er setzte sich an seinen Schreibtisch und schrieb Namen auf ein Blatt Papier. Peters? Hamm strich den Namen schwungvoll durch. Nazi war der nicht, darauf hätte Hamm seinen Hof verwettet.

Die Bauern? Einer von denen vielleicht, die beim Scheitern des Windpark-Projekts Geld verlieren würden? Wohl kaum. Der typische Landwirt der Gegend war vielleicht manchmal ziemlich ruppig, besonders, wenn es um Geschäfte ging. Aber genügend kriminelle Energie, einen Unschuldigen in den Knast bringen zu wollen, besaß er nicht. Schon gar nicht eine Scheune voller Nazikrempel, den er anderen unterschieben konnte. Er strich „Bauern?" durch.

Einer von den grün grundierten Windkraftfreunden? Nein, keiner von denen kam ernstlich in Frage. Ausgeschlossen. Der Arzt, der Lehrer vom Nachbardorf, der Pastor – ein bisschen naiv mochten die ja sein, und von Technik und Wirtschaft verstanden sie nicht viel, und politisch waren sie wahrscheinlich auf dem Niveau der frühen siebziger Jahre stehen geblieben. Aber kriminell? Kriminell war keiner von denen. Hamm strich das Wort Grüne. Wie er es auch drehte und wendete, es blieb immer nur einer übrig. Michel.

Der allerdings... Er setzte drei Ausrufezeichen neben den Namen. Bei dem passte einiges ins Bild. Aber wie konnte er das Ding ohne Hilfe gedeichselt haben? Gewiss, er wieselte überall herum, verfügte aber ganz augenscheinlich über keine Kontakte im Dorf. Oder doch?

Da zog er auf, leise und hinterhältig. Der Schatten einer Ahnung. Der Hauch eines Zweifels. Hamm schüttelte ihn energisch ab. Blödsinn. In was man sich reinsteigern konnte. Aber er war ein gelernter Spürhund, wenn auch ein gescheiterter, ausgebrannter, unehrenhaft davongejagter. Und die déformation professionelle, das Erbe dieser Vergangenheit, war seine niemals gänzlich abschaltbare Skepsis. Dieses leise, zersetzende Misstrauen.

Sogar Menschen gegenüber, denen er gerne vertraut hätte. Nur zu gern vertraut.

•

Für den Abend hatte Peters die BI zusammengetrommelt. Die Durchsuchung war das große Thema. Allen war klar, dass die Beweise untergeschoben worden waren. Peters ein Neonazi? Absurd. Er kam aus altem Arbeiteradel. Sein Großvater wie auch sein Vater waren Malocher in den Ziegeleien der Gegend gewesen; der Vater hatte es später sogar zum Betriebsratsvorsitzenden des Kieswerks gebracht. Aber das alles zählte plötzlich nicht mehr.

Die Razzia hatte im ganzen Norden Schlagzeilen gemacht. Peters stand im Zwielicht, und mit ihm die Windparkgegner. Waren jene Leute, die Landschaftsschutz riefen und die Zerstörung ihrer Idyllen und Nischenexistenzen meinten, nicht im Grunde zutiefst rückwärts gewandte Heimattümler? Engstirnige Egoisten, denen der Kampf gegen die Erderwärmung schnuppe war?

Wie weit war es von denen zur extremen Rechten? Ein

Schritt? Oder nur ein Schrittchen? War es nicht denkbar, dass sich da etwas zusammengetan hatte, was zusammengehörte? Ein bissiger Kommentator des Abendblattes hatte es auf den Punkt gebracht: „Die ewig Gestrigen aller Lager, sie scheinen sich in Söderfleth ein Stelldichein gegeben zu haben..."

Kurz, sie standen allesamt hoch auf der Shitliste der Medien. Im Moment war es sinnlos, dagegen mit Leserbriefen oder Gegendarstellungen anzukämpfen. Wie die Dinge lagen, versprachen jetzt nur entschlossene Untergrundarbeit und subversive Aktion eine Chance, das fast verlorene Spiel noch zu drehen.

Genau deshalb waren sie heute Abend zusammengekommen.

Peters' Frau Karin hatte wieder Snacks gemacht. Peters zapfte Fassbier. Die Spannung stieg, als Hamm den mit einem Tuch verhängten Käfig des Wachtelkönigs auf den rustikalen Eichentisch der Schankstube stellte. Mit einer ruckartigen Geste, wie ein Zauberer im Varieté, zog er das Tuch fort: „Voilà, mesdames messieurs!"

„Herrje! Sieht der Scheiße aus", entfuhr es Alfred Templin.

Alle waren erschüttert. Sie hatten als großen Verhinderer einen Supervogel erwartet, bunt wie ein Pfau, schnittig wie eine Schwalbe, stark wie ein Adler. Und dann dieses graubraune Nichts. „Ich muss doch sehr bitten", rief Hamm in die Runde. „Das hier ist unser Kreuz-Ass. Ich möchte nichts Despektierliches über ihn hören."

„Aber er sieht nun mal voll pillepalle aus", beschwerte sich Kirsten, Templins Nichte. Sie war eine weizenblonde 17-Jährige, das zweitjüngste BI-Mitglied.

„Der wahre Naturfreund erkennt in jeder Kreatur die Schöpfung unseres Herrn", predigte Hamm. „Auch Kakerlaken haben eine Seele. Wäre jedenfalls möglich."

Peters fing an, und plötzlich brüllten alle im Chor: La Cucaracha! La Cucaracha! Es wurde ein ziemlich alberner

Abend. Obwohl es, genau genommen, für niemanden was zu lachen gab.

Die Aufgaben waren rasch verteilt. Clarissa würde dem örtlichen Vogelschützer von der Sensation berichten. Er war Mitglied im Naturschutzbund und amtlich zugelassener Fledermauszähler. In letzter Funktion war er zum Schrecken aller geworden, die ihre Häuser aus- oder umbauen wollten. Erhielt er einen Hinweis, dass an einem Objekt Fledermäuse gesichtet worden waren, stieg er der Sache bis auf den Dachstuhl nach. Und wehe, fand er irgendwo die winzigste Kugel Fledermauskot, so war an Baumaßnahmen nicht mehr zu denken. Sie hätten ja die scheuen Tiere vergrämen können und wurden daher nicht genehmigt.

Templin würde auch dem Ornithologen-Club „Gefiederte Freunde" in der Kreisstadt berichten, dass in Schutenholz das rare Krächzen des Crex crex zu vernehmen war. Doppelt hielt besser. Hamm seinerseits übernahm es, Kurt Gillmann zu informieren, den Chefredakteur des Boten. Die Nachricht vom Auftauchen des Terrorvogels würde das verschnarchte Käseblatt wachrütteln – hoffentlich.

Hamm sah hinüber zu Clarissa. Sie schien darauf gewartet zu haben. Sein fragender Blick zur Tür wurde mit einem angedeuteten Kopfnicken quittiert. Kurz nacheinander verließen sie die Versammlung, deren Heiterkeitspegel dank Alkoholzufuhr noch im Steigen begriffen war. Der Platz vor der Scheune, wo die Autos parkten, war mit einer Energiesparlampe funzelig beleuchtet. Hamm zog Clarissa in eine Ecke und flüsterte ihr ins Ohr: „Keine Gegenwehr! Ich bin der gefürchtete Scheunen-Vergewaltiger von Söderfleth."

Clarissa kicherte. „Kann jeder behaupten."

„Ich werde es beweisen. Los, komm mit auf meinen finsteren Heuboden!"

Als sie an die Abfahrt zu seinem Haus kamen, hatte Hamm einmal mehr das Gefühl, dass er ausgespäht wurde.

Die Rücklichter, die er im Dunklen verglimmen sah, konnten natürlich auch zu irgendeinem harmlosen Auto gehören, das vor ihnen über die rumpelige Landstraße fuhr.

Oder zu einem Wagen, der darauf gewartet hatte, dass Hamm heimkehrte.

Aber warum?

Er entschloss sich, mit Clarissa noch nicht über das zu sprechen, was sich in seinem Kopf eingenistet hatte wie eine fixe Idee. Er würde versuchen, selber herauszufinden, ob etwas dran war, dran sein konnte an seinem Verdacht. Wahrscheinlich sah er sowieso bloß Gespenster.

Susi strich um seine Beine, fusselte ihm die Hose voll und miaute weinerlich, als er die Tür aufschloss. Clarissa kraulte die Katze im Nacken. Susi fiel in den Purr-Modus.

„Ist das deine Katze?"

„Das ist Susi, im Prinzip ein stolzes, autonomes Geschöpf der Natur. Jedenfalls so lange, bis sie Hunger kriegt. Dann macht sie auf arme Vernachlässigte."

„So sind sie, die kleinen Biester."

„Nein, so sind auch Menschen. Ich zum Beispiel, ich habe jetzt einen robusten Beischlafwunsch." Er miaute klagend. „Und wie ich den erfüllt kriege, ist mir egal."

Sie seufzte. „Egal, ob auf die brutale oder auf die sanfte Tour, nicht wahr?"

„Robust eben."

Susi war abgemeldet. Das hatte sie lange nicht mehr erlebt. Und als in dieser Nacht die Kühlschranktür aufging, war es nicht, weil Hamm für sie eine angebrochene Futterdose holte.

Er holte eine Flasche Wein.

Der Schatten des Zweifels war verdunstet.

Für diese Nacht.

„Ich weiß aus eigener Erfahrung, dass man den letzten Schwachsinn behaupten kann, um dann noch Schwachsinnigere zu finden, die daran glauben."

(Herbert Achternbusch, Filmer, Maler, Dichter, Clown; aus der Datei „Starke Sprüche")

18

IN DER KREISSTADT TOBTE DAS LEBEN, jedenfalls von Söderfleth aus betrachtet. Es gab Kneipen, Boutiquen, zwei Einkaufszentren, ein Multiplex-Kino, fünf Dönerbuden, drei Baumärkte, zwei Burger-Restaurants, ein Freilichtmuseum und einen kleinen Puff. Im Sommer verstopften Touristen die engen Gassen der historischen Altstadt, die meisten von ihnen Busreisende mit Stullen in der Hand. Die beiden Backsteinkirchen und die prächtigen Häuser aus dem 17. Jahrhundert und 18. Jahrhundert hatten schon die Kulisse für so manchen Fernsehfilm abgegeben. Die Stadt war eine sorgsam renovierte Perle. Eine leicht überrenovierte Perle, wie Hamm fand.

In den sechziger Jahren schien sie ein hoffnungsloser Sanierungsfall zu werden. Die alte Substanz verrottete allmählich. Fachwerkhäuser verfielen und mussten abgerissen werden. Da entdeckte die Industrie das Kleinod am großen Fluss. Innerhalb eines Jahrzehnts siedelte sich in ihrer Nähe so ziemlich alles an, was giftig und gefährlich schien.

Chemische Fabriken, die in skandinavischen Ländern ohne hohe Umwelt-Auflage nicht produzieren durften, setzten sich auf die grüne Wiese vor der Stadt. Zeitweise brachen Kühe auf der Weide zusammen, und Obstbauern klagten über bizarr mutierte Früchte. Als Krönung baute ein Energiekonzern auch noch ein Atomkraftwerk an den Deich.

Hamm hatte in einer Zeitung mal eine Karikatur gesehen, auf der eine Frau die Haustür aufmacht. Davor steht ein Wesen mit drei Beinen. Die Frau ruft nach ihrem Mann: „Hannes, komm mal her, wir haben Besuch aus der Kreisstadt."

Der faustische Pakt zahlte sich aus. Er spülte Gewerbesteuern in die städtischen Kassen. Mit dem Geld – viele Millionen im Laufe der Jahre – entkam die Stadt ihrem programmierten Untergang und erschuf sich im Alten neu. Mittlerweile waren die Industrienanlagen auf den Stand moderner Umwelttechnik gebracht, das Kernkraftwerk abgeschaltet worden. Die Kühe hatten nichts mehr auszustehen. Aber potthässlich war der Industriepark – Bürgerindustriepark? – nach wie vor.

Zum Glück konnte man ihn von der Altstadt aus nicht sehen.

Hamm fuhr manchmal in die Kreisstadt, um auf dem Markt einzukaufen, Freunde zu treffen, die dort hingezogen waren, und am Bankautomaten dringende Überweisungen zu machen. An diesem Mittwoch hatte er noch einen anderen Grund. Er hatte sich mit Gillmann auf ein Bier am Alten Hafen verabredet, wo es nach Angaben des „Küstenbote"-Chefs bei warmem Wetter zuging „wie auf einer italienischen Piazza". Nicht ganz falsch, dachte Hamm, als er mit seinem prall gefüllten Einkaufskorb die Kopfsteinpflastergasse zum Hafen hinunter ging, sich durch Horden ergrauter Touristen kämpfend.

Aber auch nicht ganz richtig.

Gillmann saß auf einer Bank an der Kaimauer, vor sich ein Hefeweizen. Der Brauch, bayerisches Prickelbier aus hohen

Halblitergläsern zu vertilgen, hatte sich bis in den hohen Norden verbreitet, zumindest in den besseren Kreisen. Wer immer die waren in der Kreisstadt.

Hamm begrüßte den Lokalpresse-Matador freundlich, ging aber sogleich in die Offensive. „Na, ihr habt die Windparkgegner ja in Grund und Boden geschrieben. Als wäre Peters' Gasthof der Führerbunker. "

Gillmann wischte sich den Bierschaum vom Mund. „Tut mir leid, ging nicht anders. Der Verlag steht fest auf dem Boden des Grundgesetzes. Kein Pardon bei braunen Umtrieben. Im Übrigen hat das Abendblatt die Tonalität vorgegeben."

Das stimmte. Die liberale Großstadtzeitung hatte eine Breitseite gegen den vermeintlichen „braunen Spuk" in Söderfleth abgefeuert. Gillmann konnte schwerlich dahinter zurückstehen, wollte er nicht auch als „Ewiggestriger" dastehen. Seit sich der Neonazi Krüger in der Nähe eingenistet hatte, war die ganze Region als latent braun gebrandmarkt.

Hamm schüttelte den Kopf. „Aber die Sache ist doch euer Heimspiel. Ihr kennt die Leute hier, ihr habt hier die Kontakte. Und ihr wisst doch genau, dass einer wie der Peters unmöglich Kurse für den Nazimob veranstaltet."

Ein weißhaariger Mann, der trotz der Wärme ein Jackett trug, ging vorbei und grüßte Gillmann. „Unser Bürgermeister", bemerkte der Redakteur nicht ohne Stolz. Er sah Hamm an. „Offen gesagt, mir schmeckt es auch nicht, wie der Fall in den Medien behandelt wird. Aber nur Geduld, es wird sich alles klären. Die Polizei ermittelt mit Hochdruck, übrigens auf ausdrückliche Anweisung aus der Landeshauptstadt." Gillmann ließ gerne durchblicken, dass er mit allen relevanten Stellen Verbindung hielt.

„Und wenn sich herausstellt, dass Peters nichts, aber auch null mit der Sache zu tun hat? Dann werdet ihr die Sache selbstredend ausführlich gerade rücken, nehme ich an?"

„Selbstverständlich! Sie kennen doch den Boten."

Und ob. Hamm wusste, wie es laufen würde. So, wie es immer lief. Gewiss, eine Korrektur der Geschichte würde erfolgen. Aber nur als kleiner Zweispalter, versteckt auf Seite fünf, links unten. Die Rehabilitierung von Verdächtigen war immer etwas peinlich. Sie wurde möglichst lange herausgezögert und dann irgendwo verbuddelt. Zeitungen, kleine wie große, unterschieden sich da nur marginal.

„Was ich eigentlich fragen wollte", sagte Hamm und fixierte Gillmann, „ist ein bisschen delikat. Sagt Ihnen der Name Michel was? Wolf Michel?"

Der Journalist wurde sofort hellhörig. „Dieser Buchschreiber? Ja, der war ein paar Mal in der Redaktion. Hat sich stundenlang alte Ausgaben angeguckt. Emsiger Rechercheur, wie mir schien..."

„Wissen Sie zufällig, für was genau er sich interessiert hat?"

„Keinen Schimmer. Sie können die Kollegin anrufen, die den Raum Söderfleth bearbeitet. An die hab' ich diesen Michel weitergereicht." Er schrieb eine Nummer auf seinen Bierdeckel. „Darf man fragen, warum Sie den Kerl auf dem Zettel haben?"

Hamm berichtete, was ihm seltsam vorkam, verschwieg aber die wahre Identität des Wiesels. Gillmann durfte auf keinen Fall mit einer Geschichte vorpreschen, die womöglich eine Lawine auslösen würde. Michel würde sonst bestimmt den Rückwärtsgang einlegen. Als Gillmann gegangen war – er musste zur Grundsteinlegung des neuen Einkaufszentrums, ein viel versprechender künftiger Anzeigenkunde –, rief Hamm die Lokalredakteurin an.

Michel hatte sie tüchtig ausgeholt, sie dafür allerdings auch zum teuersten Italiener der Stadt eingeladen, wie sie anmerkte. Von allen Personen, die eine Rolle im Windmühlenstreit spielten, hatte er Details erfahren wollen. Auch über Peters? Auch über den, bestätigte sie. Besonders über den.

Wie ein Psychologe habe er gefragt, berichtete die Redakteurin bewundernd. Vielleicht sah sie einen zweiten Truman Capote in ihm; gekommen, ein Provinznest für alle Zeiten auf die literarische Landkarte zu heben. Sie schien geschmeichelt, dass sie dabei hatte helfen dürfen.

Bist ein guter Menschenkenner, Wiesel, dachte Hamm.

Auf dem Weg zum Parkplatz kam er am „Apollo“ vorbei. Das in ein malerisch-schiefes Fachwerkhaus integrierte Bistro war im Erdgeschoss auf breiter Front verglast. Die Fenster standen offen. Hamm warf einen Blick hinein und erstarrte. An der Theke erkannte er im Halbprofil Clarissa.

Er nahm die Sonnenbrille ab und sah noch einmal hin. Kein Zweifel, sie war es. Und sie war nicht allein. Ein Mann stand ihr gegenüber und redete auf sie ein. Er trug diesmal nicht seine braune Wildlederjacke, sondern ein helles, auf schicke Weise zerknittertes Leinensakko. Aber er war es. Wenn man vom Teufel spricht.

Wolf Michel alias Wolf Thobaben.

Hamm fühlte eine heiße Wut in sich aufsteigen, gemischt mit einer Prise Eifersucht. Warum kreuzte dieser verdammte Bursche dauernd seinen Weg? Und was hatte er mit Clarissa zu schaffen? Und sie, wie kam sie überhaupt hierher? Sie hatte kein Wort davon gesagt, dass sie in die Kreisstadt wollte, als er sie zuletzt gesehen hatte. Andererseits, war sie ihm Rechenschaft schuldig?

Lauter unsinnige Fragen.

Er nahm unwillkürlich Deckung hinter einem Pfeiler. Wenn sie auf die Straße blickten, würden sie ihn erkennen. Das durfte nicht passieren. Er besaß einen Informationsvorsprung, und den würde er halten. Hamm entschied sich für Abmarsch. Er umging das Bistro und steuerte den Parkplatz an.

Im Moor bog er von der Landstraße ab und parkte in einem von Birken gesäumten Wirtschaftsweg, der selten befahren wurde. Er musste ein paar Schritte laufen und seine

Gedanken ordnen. Es kann nicht wahr sein, redete er sich ein. Es darf nicht wahr sein! Doch da waren mittlerweile zu viele Indizien, um nicht ins Grübeln zu kommen. Hatte Clarissa etwas mit Michel zu tun?

Die Leute von der Bürgerinitiative kannten sie im Grunde nicht. Sie war irgendwie dazu gestoßen und arbeitete geräuschlos im Hintergrund mit. Aber konnte das nicht Strategie sein? Steckte sie Michel Informationen aus der Runde der Windparkgegner? Aber warum?

Das erste Mal hatte er die beiden reden sehen – leider nicht hören können –, als er mit den BI-Mitgliedern in Ohlsens Gasthof war. Das Gespräch im Apollo war bereits das zweite Mal. Und wer weiß, wie oft sie sich schon getroffen hatten? Tatsache war für Hamm, wenn auch noch nicht offiziell bewiesen, dass Michel hinter dem Ding mit den Neonazis steckte. Tatsache war ferner, dass niemand im Dorf Kontakte zur rechtsradikalen Szene besaß.

Niemand außer Clarissa.

Zumindest musste sie mal Kontakte gehabt haben, damals, als sie über junge Aussteigerinnen recherchierte. Das Material war noch in ihrem Haus, er hatte es selber gesehen. Darunter Namen, Adressen, Telefonnummern. Hatte Michel über sie einen Weg gefunden, sich eine Kulisse für sein Schmierenstück zu basteln?

Unmöglich. Unsinn. Komm auf den Teppich, befahl sich Hamm. Aber da war noch ein Verdacht aufgeflackert, ein noch ungeheuerlicherer. Und der hatte mit dem Wort Umweltministerium zu tun. Die Behörde, in welcher der begeisterungsfähige Ex von Clarissa wirkte.

Wer immer auch die Landtagswahlen gewann, im Umweltministerium änderte sich kaum je etwas. Rotgrün oder schwarzgelb oder Große Koalition, der jeweilige Ökominister hatte seine festen Turfs, auf denen er innerhalb eines gewissen Rahmens frei schalten und walten konnte. Die Förderung der Windenergie gehörte dazu, sie war selbstverständlich.

Denn sie lieferte schön grün aussehende Alibis, die man im Wirtschaftsministerium immer mal brauchen konnte, wenn hoch umstrittene Maßnahmen durchgedrückt werden sollten. Zum Beispiel eine neuerliche Vertiefung des großen Flusses oder die Verlängerung der Laufzeit eines Atomkraftwerks.

Vorzeigbare Erfolge waren auch nötig, denn ökologisch war durchaus nicht alles im grünen Bereich. Für den Ausbau einer Großwerft war ein wertvolles Feuchtgebiet zerstört worden. Die geplante Küstenautobahn würde Moore und Wälder zerschneiden. Ein riesiger Teich, in dem die giftige Abfallbrühe eines Aluminiumwerks schwappte, war als rostroter Schandfleck sogar vom Weltraum aus sichtbar.

Aber beim Netz der Froschwanderwege ließ sich das Land von niemandem übertreffen. Und es trumpfte bei „Nachhaltigkeitskonferenzen“ mit der schieren Menge seiner Windparks. Das Umweltministerium war seit Jahren praktisch die Wärmestube der Windindustrie-Lobby.

Und mittenmang Clarissas Ex. Wie sollte einer da nicht auf gewisse Gedanken kommen?

Vielleicht war alles irgendwie zu erklären. Vielleicht auch nicht. Hamm hatte nicht die Absicht, hinter Clarissa her zu spionieren. Sie war ihm zu wichtig. Er würde sie fragen, einfach und klar fragen. Und er würde die Antwort akzeptieren. So oder so.

„Es ist eine komische Sache mit den Menschen. Einer von hundert ist dann doch mal besser, als man erwartet hat."

(Bruce Willis in „Last Man Standing" aus der Datei „Starke Sprüche")

19

DER BOTE MAUSERTE SICH allmählich zum Sensationsblatt. Erst der mysteriöse Brand bei Bauer Vieljans. Dann die Fernsehsendung über Söderfleth und den Windpark. Schließlich die spektakuläre Durchsuchung des Hauses von Heimo Peters. Und jetzt der geheimnisvolle Vogel.

Den Aufmacher des Lokalteils gab heute wieder nicht die Jahreshauptversammlung des Schleusenverbandes ab, sondern der Casus Crex crex. „Kippt ein Piepmatz die Monstermühlen?" lautete die Überschrift. Hamm hatte sie dem Boten-Chef am Telefon gesteckt und Gillmann hatte sie prompt gedruckt. Dazu ein Archivfoto eines Wachtelkönigs, etwas dilettantisch zwischen die Rotoren eines Windparks montiert.

Söderfleth in Aufruhr! Euphorisch war die große Mehrheit der Bürger, denen der Windpark – Bürgerwindpark – ein Dorn buchstäblich im Auge war. Alarmiert waren die Bauern, deren Verträge mit Wonderwind jetzt Makulatur zu werden drohten.

Denn die clevere Bremerhavener Firma hatte eine Rücktrittsklausel eingebaut. Kam es nicht zum Bau des Windparks, aus welchen Gründen auch immer, so würden die Landwirte keinen Cent sehen.

Es stand viel auf dem Spiel. Für viele.

Drei Tage zuvor war Hamm gegen Mitternacht mit dem Fahrrad nach Schutenholz gefahren. Ohne Licht. Aber mit einem Gebilde im Einkaufskorb, das man sogar im fahlen Mondschein unschwer als Käfig identifizieren konnte.

Doch es war niemand mehr auf den Beinen. In Söderfleth wurden die Bürgersteige spätestens um zehn Uhr abends hochgeklappt. Und wer danach noch aus dem Gasthof heim wankte, sah gewöhnlich nicht mehr sehr scharf. Die Landstraße zwischen Söderfleth und Schutenholz wurde auch Kornschnellweg genannt.

Hamm hatte sich die Gegend tagsüber genau angeschaut. Den idealen Platz fand er schnell. Es war das Brombeerhecken-Dickicht am Rande eines Kornfeldes, an dem ein Pfad vorbeiführte. Es lag ungefähr im Zentrum des geplanten Windparks. Der vielleicht doch kein Bürgerwindpark werden würde. Sondern ein Windei.

„Geduld, mein Lütter. Bald bist du wieder zu Hause." Hamm steckte den Zeigefinger durch den Käfigdraht und strich dem hässlichen Rufer sanft übers Gefieder. „Aber vorher musst du der dich fütternden Menschheit einen wichtigen Dienst tun. Schön laut krächzen, verstanden?" Er streute klein geschnittene Grünpflanzen und Grassamen auf den Käfigboden. „Hier ist dein Futter." In einen Eierbecher goss er Wasser und schob ihn ebenfalls in den Käfig. „Und dein Drink. Mach uns keine Schande."

Gut, dass er die alte Steppjacke angezogen und Arbeitshandschuhe mitgebracht hatte. Sich in das Innere der Brombeerhecke vorzuarbeiten, glich der Leibesübung eines Fakirs. Das Unterholz war kaum durchdringbar. Als Hamm es schließlich geschafft hatte, den Käfig tief in die Hecke zu pflanzen, keuchte er wie ein Schwerarbeiter. Er blickte sich um. Keine Seele weit und breit. Er hätte hier auch unbemerkt ein halbes Dutzend Leichen verbuddeln können. Gut zu wissen.

Jetzt musste der Rufer nur noch rufen. Crerrp crerrp, aus vollem Schnabel! Doch der große Obstruierer tat keinen Mucks. Hamm nahm es gelassen. Bengt Rasmussen, der Wachtelkönigspezialist, hatte ihm versichert, der Vogel werde rufen, früher oder später. Morgen war die Nacht der Nächte. Dann würde sich zeigen, was in dem Hoffnungsträger steckte.

„Du blutest ja!", rief Clarissa, als er zurückkam. Sie stand in seinem Wohnzimmer. Auf dem Tisch ein aufgeschlagenes Buch. Bangend hat sie auf die Rückkehr ihres siegreichen Kriegers gewartet, dachte Hamm. So muss es sein! Er ließ sich von ihr das geronnene Blut aus dem Gesicht wischen, das von Dornenkratzern stammte.

„Hast du einen guten Platz gefunden?"

„Den ultimativen. Man kommt nahe genug ran, um die Rufe zu hören. Aber nicht nahe genug, um den Käfig zu entdecken."

„Wunderbar. Das ist Guerillataktik. Wir schlagen sie mit ihren eigenen Waffen."

Er lachte über ihre Begeisterung. Dass ihm selber die Sache so viel Spaß machen würde, hätte er auch nicht gedacht. Es war wie früher, wenn er mit einem Fotografen raus ins Leben ging. Auf den Busch klopfen und schauen, was dann passiert. Früher... Er hatte Clarissa alles über die Summerisle-Affäre erzählt. Sie hatte ruhig zugehört und schließlich gesagt: „Auch ich wäre in die Dichterklause eingebrochen, wenn ich Reporter wäre, glaube ich. Jeder echte Reporter hätte das getan."

Das war tröstlich gewesen. Eine Absolution. Die freilich auch eine gewisse Laxheit in Fragen der Unverletzlichkeit der Wohnung und des geistigen Eigentums verriet. Was ihn daran erinnerte, dass er noch eine Befragung durchführen musste. Er hatte den Gedanken ein paar Tage tapfer verdrängt, aber der Stachel piekste manchmal. Er musste endlich Gewissheit haben.

•

Nichts deutete darauf hin, dass es schon halb neun Uhr abends war, so hoch stand die Sonne noch immer. Er fuhr zu Clarissas Haus, ohne vorher angerufen zu haben. Nicht, weil er sie überrumpeln wollte. Es war ein spontaner Entschluss, und er hoffte auf eine spontane Reaktion.

Schon von weitem erkannte er, dass ihr Auto fehlte. Das Grundstück besaß nur zwei Stellplätze neben dem Garten. Sollte er sie auf dem Handy anrufen? Oder später wiederkommen? Er fuhr ein Stück den holperigen Privatweg hoch und parkte vor dem Haus der Nachbarin. Clarissa hatte mal erwähnt, dass sie ihr meistens Bescheid sagte, wann sie zurückkommen würde.

Die Klingel funktionierte nicht. Hamm klopfte an die Tür, von der die grüne Farbe blätterte. Durch den Unfalltod ihres Mannes war die Frau mit dem Haus etwas überfordert. Niemand kam an die Tür, aber Hamm hörte Gepolter wie von umstürzenden Möbelstücken. Eine weibliche Stimme schrie erst gellend, dann nur mehr gedämpft. Offenbar wurde der Mund zugehalten. Wieder polterten Möbelstücke. Plötzlich öffnete sich die Tür, aber nur einen Spalt, bis sie von der Türkette angehalten wurde. Eine verhärmte Frau von ungefähr fünfzig Jahren, die ein Hausputz-Kopftuch trug, guckte verängstigt durch den Spalt.

„Ja?“ Aus dem Inneren des Hauses war jetzt der Lärm von Schüssen zu vernehmen. Dann brach der Krawall ab, und Hamm hörte den Satzfetzen „...Aufnahmestudio oder nächste Polizeidienststelle“. Er begriff.

Die Fahndungssendung „XY ungelöst" erfreute sich in der Gegend einer sonderbaren Beliebtheit. Vor allem bei älteren, allein stehenden Frauen, die in einsam gelegenen Häusern lebten. Regelmäßig, vor Angst schlotternd, aber fasziniert, verfolgten sie nachgestellte Kriminalfälle, in denen es abartige Verbrecher auf einsam gelegene Häuser abgesehen hatten, die von allein stehenden, schutzlosen Frauen bewohnt wurden.

„Moin", sagt er, „ich bin ein Freund von Clarissa. Wollte fragen, wann sie zurückkommt."

Aus dem Fernsehzimmer gellte schon wieder ein Schrei. Der nächste Fall. Die Frau streckte den Arm aus. „Da kommt sie gerade." Tatsächlich sah er Clarissas Mini den Weg hoch kommen. Er bedankte sich, überließ die Nachbarin den Freuden weiterer Schreckenstaten und fuhr das kurze Stück zu Clarissas Haus. Sie stiegen gleichzeitig aus ihren Autos.

„Wo bist du gewesen?" Hamms Frage schien sie zu amüsieren.

„Ich hatte zu tun, Chef! Wird nicht wieder vorkommen." In normalem Ton fuhr sie fort: „Weißt du, ganz und gar verbauert bin ich nun auch wieder nicht. Ich fahre ab und zu in die Stadt, shoppen. Oder treffe mich mit Freunden."

„Solchen wie Wolf Michel?" Die Frage abschießend, und das in diesem Ton, war Hamm ruckartig klar, dass er damit nicht etwa mit der Tür ins Haus gefallen war, sondern gleich mit dem ganzen Scheunentor.

Sie sah ihn prüfend an. Eine Falte erschien auf ihrer Stirn. „Was soll das? Diesen Michel habe ich tatsächlich vor ein paar Tagen in der Stadt getroffen. Woher weißt du das?" Sie schien ehrlich erstaunt.

„Ich habe euch gesehen. Als ich am Apollo vorbei ging."

„Ach. Und warum bist du nicht reingekommen?"

Hamm entschloss sich, die Karten auf den Tisch zu legen. „Weil das ein linker Typ ist, deshalb. Genau gesagt, weil ich ihn in Verdacht habe, die Nazivorstellung bei Peters angezettelt zu haben. Und jetzt möchte ich wissen, was du mit dem zu tun hast. Bitte." Das Bitte klang wie: Gib mir irgendeine blöde Erklärung, die ich halbwegs akzeptieren kann.

Clarissa schaute ihn ungläubig an.

„Gehen wir rein."

Was sie ihm später erzählte, als sie mit einem Wein hinterm Haus saßen, war sehr simpel. Zu simpel, um ausgedacht zu sein. Also, Michel hatte sich hartnäckig an sie ran geschmissen, drei Anläufe bis jetzt. Das erste Mal war in Ohlsens Gasthof gewesen, wie Hamm am Rande mitbekommen hatte. Vorwand war die Buchrecherche. Das zweite Mal war er hier an ihrem Haus aufgekreuzt. Er habe die Gegend kennen lernen wollen und sei „zufällig" auf ihr „besonders schönes Haus" aufmerksam geworden... Gesülze in der Art.

Sie hatte geglaubt, er wollte sie anbaggern. „Passiert mir ab und zu", kokettierte sie. „Stell dir vor, einige Typen reisen mir doch glatt ins Ausland nach. Und hinterher wird man sie schwer los."

Hamm unterdrückte den Wunsch, auf der Stelle über sie herzufallen und ihr die Bluse aufzureißen wie ein Unhold. Zuerst das Verhör. „Was hat Michel geredet? Hat er was über die BI gefragt?"

Hatte er, ja. Aber eher beiläufig, wenn sich Clarissa richtig erinnerte. An wen er sich wenden müsse, wenn er ein Statement der BI für sein Buch brauche? Und wo der wohne? Clarissa hat ihm den Weg zu Peters beschrieben.

Hamm seufzte. Frauen... „Und was war beim dritten Mal, neulich im Apollo?"

Sie hatte an der Bar einen Kaffee getrunken, als er unter einigem Hallo auf sie zugewieselt kam. Diese zweite zufällige Begegnung kam ihr komisch vor. War er ein Stalker, der ihr regelrecht nachstellte? Zuerst machte er wieder Smalltalk, dieses Mal über den Touristenboom in der Stadt. Dann kamen wie nebenbei zwei, drei Fragen über die BI. Sie würden den Kampf noch nicht verloren geben, hatte er gehört? Aber was, wie die Dinge lagen, konnten sie noch tun?

Clarissa hatte sich im Ungefähren gehalten. Der Mann wurde ihr langsam lästig, beinahe unheimlich. Sie hatte ihn an Peters verwiesen, der allein spreche für die BI. Clarissa sah Hamm in die Augen. „Mehr, Herr Hauptkommissar, ist zwischen Michel und mir nicht gewesen."

Hamms Indizien lösten sich in Nebel auf. Er war darüber beruhigt und beschämt zugleich. Aber eine Frage musste er noch loswerden. „Auch wenn das jetzt absurd klingt, Clarissa... ist es möglich, dass dein Mann, also dein gewesener, meine ich, irgendwas mit der Sache zu tun hat?"

„Wie um Himmels Willen kommst du auf die Idee? Völlig absurd!" Ihrem Lachen war jetzt eine Spur Ärger beigemischt.

„Klingt es, zugegeben. Ich dachte nur, vielleicht hast du ihm mal von der Sache hier in Söderfleth erzählt? Ehrlich gesagt, es ist sein Job, der mich misstrauisch gemacht hat. Umweltministerium, da wimmelt es doch nur so von Windkraftenthusiasten."

Hamm erzählte ihr von einer Fernsehsendung, die er vor einiger Zeit gesehen hatte. Der Moderator hatte vor laufender Kamera einem hochrangigen Umweltpolitiker nachgewiesen, dass dieser mit einem Dutzend Firmen aus der regenerativen Energiebranche verbandelt war.

Der Mann hatte empört insistiert, er übe alle Mandate streng ehrenamtlich aus, kassiere keinen Cent von den Firmen. Das konnte er tatsächlich beweisen. Doch jeder in der Landeshauptstadt wusste, dass sofort nach seinem Ausscheiden aus der Politik die Honorare umso kräftiger sprudeln würden. Mach jetzt deinen Einfluss geltend, bezahlt wird später, so lief der übliche Deal an den Nahstellen von Wirtschaft und Politik.

„Verstehe", sagte Clarissa. „Aber in diesem Fall kann ich dich voll und ganz beruhigen. Selbst wenn Robert der OO7 der Windindustrie wäre, er hätte mich unmöglich ausspionieren können. Ich habe nämlich zuletzt im Januar mit ihm gesprochen. Da war die Schlacht um Söderfleth noch gar nicht eröffnet."

Hamm bröckelte das letzte Stückchen Stein vom Herzen. „Entschuldige. Bitte. Hab' mich komplett verrannt. Zu blöde. Lass uns nicht mehr davon sprechen."

Sie goss sich einen Schluck Wein nach.

„Nein, nein, so geht das nicht. Wenn schon, denn schon. Jetzt sollst du die ganze furchtbare Wahrheit erfahren. Willst du wissen, was ich wirklich in der Stadt gewollt habe?"

„Bin gespannt!"

Sie ging ins Haus und kam gleich darauf mit einem flachen Päckchen zurück. „Dafür hab ich mir die Hacken abgelaufen. Hoffentlich hat es sich gelohnt."

Hamm packte ein Buch in einem fleckigen braunen Leineneinband aus. Es roch muffig. Die Zeichnung einer Palmeninsel schmückte den Deckel. Die in einer altertümlichen Type gesetzte Überschrift lautete: „Heitere Tage mit braunen Menschen. Von W.E. Richartz." Es war die Chronik einer Weltreise mit dem Schiff, geschrieben von einem betuchten deutschen Globetrotter zu Beginn des vergangenen Jahrhunderts, bebildert mit dessen eigenen sepiabraunen Reisefotos.

Hamm freute sich schon auf die semiliterarischen Ergüsse über braune und andersfarbige Menschen, den Service in fremden Hotels, die arroganten Briten, die intriganten Franzosen. Bücher dieser Art gaben ihm mehr Verständnis für Geschichte als voluminöse Epochenbeschreibungen hoch dekorierter Historiker. „Das ist ein echtes Fundstück", staunte er. „So was taucht nur noch ganz selten auf, zum Beispiel bei Wohnungsauflösungen." Er drückte ihr einen begeisterten Schmatz auf die Lippen. „Wo hast du das her?"

„Hab' ich in dem winzigen Antiquariat in der Pfeffergasse gefunden. Neben einer Ausgabe von Van de Veldes ‚Die vollkommene Ehe' von 1930. Das war bekanntlich der allererste Sexratgeber. Fast hätte ich den auch noch gekauft."

„Wieso? Findest du, wir brauchen in der Hinsicht Nachhilfe?"

„Theoretisch schwer zu beurteilen. Man muss es wohl immer wieder in der Praxis testen." Sie zog Hamm ins Haus und schob den Riegel an der Tür mit einer entschlossenen Geste zu. Es erinnerte ihn an die Bewegung in einem Humphrey Bogart-Film, mit der eine dem Detektiv erotisch nicht abgeneigte Bibliothekarin das Schild an ihrer Ladentür umdreht, von „Open" auf „Closed". Die Geste, fand Hamm, transportierte mehr Sex als Rammelszenen, die mittlerweile das Publikum jeder „Tatort"-Folge über sich ergehen lassen musste.

„Da könntest du Recht haben", sagte er und zog die Jalousie herunter.

„Ich reite in eine Stadt. Alles andere ergibt sich."

(Clint Eastwood auf die Frage nach der Konzeption seiner Filme; aus dem Ordner „Starke Sprüche")

20

EIN HOCH AUF KARWUNKEL! Hamm musste zugeben: Der Passion des Verlegers für kostspieligen technischen Schnickschnack verdankte Söderfleth, dass die Wachtelkönig-Affäre schneller hoch kochte, als selbst die Optimisten in der BI es erwartet hatten. Und das kam so: Der Fledermauszähler hatte sich nicht lange bitten lassen. Ein Crex crex vor seiner Haustür? Sensationell! Er war ungefähr siebzig, klein, das Gesicht von einem Backenbart umkränzt wie bei dem Skipper auf dem Seestück in Skagen. Auch sein Kollege von den „Gefiederten Freunden" war sofort angesprungen, als ihm Templin erzählte, es stünde eine nächtliche Wachtelkönig-Expedition an.

Nur Gillmann war nicht gekommen. Der Chefredakteur war abends zu einer Feier des Jagdverbandes geladen und würde danach nicht mehr einsatzfähig sein. Er hatte eine junge Volontärin geschickt, die das Unternehmen „voll krass" fand, wie sie mehrfach vermeldete.

Zu sechst – neben Hamm und Clarissa war noch Templin mit von der Partie – durchkämmten sie Schutenholz. Hamm steuerte die Brombeerhecke auf diversen Umwegen an, um keinen Verdacht zu erregen. Es war ganz still, abgesehen von gelegentlichen Käuzchenrufen.

„Es gibt nur noch 900 Wachtelkönige in Deutschland", wisperte der bärtige Fledermauszähler. „Als Bodenbrüter geraten sie häufig unter Mähmaschinen."

„Wie kann man sie schützen?", wollte die angehende Jungredakteurin wissen.

„Wir haben einen Masterplan für verzögerte, wachtelkönigfreundliche Wiesenbewirtschaftung erstellt", schaltete sich der Mann vom Vogelclub ein. „Nur neun Millionen Euro pro Jahr, und der Wachtelkönig wäre gerettet. Natürlich hat die Regierung wegen der Kosten abgelehnt."

Das Unrecht, das an den Vögeln begangen wurde, hatte ihm scharfe Falten ins Gesicht geschnitzt. „Ich beschäftige mich seit Jahrzehnten mit dem Problem. Meine Dissertationsarbeit ging über die Habitatsnutzung und das Partnerschaftssystem von Wachtelkönig und Tüpfelralle."

Der Backenbärtige zog einen Aluminium-Kamm aus der Tasche und strich mit dem Daumen über die Zähne. Es klang wie „crerrp crerrp". „Das lockt sie manchmal aus der Reserve", flüsterte er. „Sie denken dann, ein Rivale ist in ihrem Revier und legen selber los."

Tatsächlich krächzte es plötzlich aus der Gegend der Brombeerhecke zurück. Hamm tat, als nähme er akustische Witterung auf. „Kommt von dahinten, glaube ich." Kurz vor der Hecke hob der Fledermauszähler die Hand. „Halt, nicht weiter! Wir vergrämen ihn sonst." Sie lauschten angestrengt.

Der Wachtelkönig war jetzt in Hochform. Er knarzte wie rasend. Kein Wunder, dass Rasmussens Nachbarn dem Züchter am liebsten den Hals umdrehen würden, dachte Hamm. Der Lärm war kaum zu ertragen. Die beiden Vogelfreunde sahen sich beglückt im Mondlicht an. So nahe war noch keiner von ihnen in freier Landschaft an einen Crex crex herangekommen.

„Kann das auch von einer CD kommen?", wollte die Volontärin wissen. Hamm zog innerlich den Hut. Gar nicht so blöd, die Kleine!

„Unmöglich", verneinte der Gefiederte Freund. „Kein Lautsprecher schafft so eine Präsenz." Sein Kollege nickte. „Der sitzt irgendwo in dieser Hecke, keine Frage."

Hamm trat ein paar Schritte zurück und zog einen Wolf-3s-Feldstecher mit Infrarotaufheller aus dem Rucksack. Er hatte ihn sich von Karwunkel geliehen und erklären lassen. Der Verleger hatte das kleine, teure Monokular für eine Safari in Botswana angeschafft und war entzückt gewesen, Hamm darüber einen ausufernden Vortrag halten zu können. In welchem er, der Mann des Wortes, als eine Art neuer Hemingway erschien, der reihenweise Abenteuer in der Wildnis zu bestehen hatte.

„Es gibt zwei Systeme von Nachtsichtgeräten", zitierte Hamm seinen Chef. „Das eine funktioniert als Restlichtaufheller. Das andere bildet Körper ab, die wärmer sind als ihre Umgebung. Dies ist letzteres, ein Infrarot-Feldstecher. Er hat den Vorteil..."

In ihrem Fall bestand der Vorteil darin, dass das Fernglas den körperwarmen Vogel abbildete, nicht aber den metallkühlen Käfig, in dem er gefangen gehalten wurde. Der Sumpfhahn war leicht unscharf, aber deutlich genug im Unterholz auszumachen. Nichts deutete darauf hin, dass er dort nicht freiwillig hockte.

Hamm reichte das Glas herum. Die Ornis konnten ihre Begeisterung kaum zügeln. Er sah die Volontärin von der Seite an. Auch sie schien restlos überzeugt. Das Ding war gelaufen. Hamm musste sich zusammennehmen, um nicht loszuprusten. Er drückte Clarissas Hand. Sie drückte dreimal zurück.

Am übernächsten Tag stand die Nachricht vom Auftauchen des Wachtelkönigs im Boten. Der Artikel bestand aus einer Art Feldreportage mit angehängten Kommentaren verschiedener Naturschutzorganisationen. Einige kündigten Klagen und einstweilige Verfügungen gegen das Genehmigungsverfahren an, auf dem der geplante Windpark von Wonderwind basierte.

Der Kommentar in der Spalte neben dem Bericht stammte von Gillmann. Er wies auf Fälle hin, in denen der kleine, ungelenke Flieger – er ließ im Fluge grotesk die Beine baumeln – gigantische Projekte verhindert habe. Und stellte – erstmalig im Boten – ein paar tückische Fragen zur Realisierbarkeit des Windparks unter diesen Umständen sowie zu den finanziellen Folgen im Falle eines Scheiterns.

Hamm rief Gillmann an.

„Gratuliere zu eurem Knüller. Aber wolltet ihr wirklich einen treuen Anzeigenkunden vergraulen?"

„Das ist ja der Punkt. So treu ist der gar nicht. Die letzten drei Anzeigenrechnungen hat Wonderwind noch nicht bezahlt, obwohl sie lange überfällig sind. Vielleicht kommt durch meinen Kommentar etwas Schwung in die Buchhaltung."

Hamm lachte. „Sie meinen, die müssen jetzt einfach löhnen, damit es nicht heißt, der Pleitegeier kreist über Wonderwind?"

„So ähnlich könnte es wirken. Hoffe ich."

„Halten Sie mich auf dem Laufenden. Ich Sie auch, natürlich." Hamm fand, dass er den Boten unterschätzt hatte. Die Redaktion, einmal aus ihrem Tran erwacht, schien gar nicht so übel zu sein. Er wählte Clarissas Handynummer.

„Liebling" – durch das Telefon kamen kleine Laute, die sich anhörten wie: Mehr! Mehr! – „Liebling, deine Idee mit dem Wachtelkönig ist ein Selbstläufer. Das blöde Biest wird unsere Rettung sein. Aber wir brauchen ihn noch ein letztes Mal. Hilfst du mir?"

Aus dem Hörer perlten jetzt katzenhafte Schnurrtöne, die

Clarissa geübt haben musste. Plötzlich erkannte er, dass es die Laute einer richtigen Katze waren. Susi! Clarissa hielt ihr offenbar das Handy vor die Nase. Demnach war sie bei ihm auf dem Hof. Wie gut, dass er ihr einen Schlüssel gegeben hatte!

Und wie gut, einen Wagen zu besitzen, mit dem man notfalls richtig schnell fahren konnte. Wenn es darauf ankam. Wie so oft in letzter Zeit.

„Seltsam des Propheten Lied, doppelt seltsam, was geschieht."

(Johann Wolfgang von Goethe, aus der Datei „Starke Sprüche")

21

ES WAR EIN VABANQUESPIEL, UND ER WUSSTE DAS. Die Chancen standen fifty-fifty. Als Hamm einmal mehr nach Schutenholz radelte – die dritte Nacht in Folge – schien ihm der Plan denn doch ziemlich verstiegen. Wenn nun alles nur Einbildung war? Hatte er zu viele Fernsehkrimis gesehen?

Andererseits, es war einen Versuch wert. Sich noch eine Nacht um die Ohren schlagen, draußen im Feld, warum denn nicht? Er hatte einen Schlafsack mitgebracht, den er nicht brauchen würde. Es war der wärmste Sommer seit Jahren. Das Thermometer fiel nachts selten unter 18 Grad.

Sie waren zu dritt. Hamm campierte in unmittelbarer Nähe der Stelle, wo er vor zwei Tagen den Krächzer versteckt hatte. Clarissa hatte in ihrem Auto am Abzweig zur Landstraße nach Söderfleth Stellung bezogen. Peters stand an der Seite von Schutenholz, von wo aus ein Wirtschaftsweg zur Bundesstraße führte.

Theoretisch konnte niemand in Hamms Nähe kommen, ohne vorher bemerkt zu werden. Die drei hatten ihre Handys auf Vibrationsalarm gestellt.

Sie warteten auf Michel. Sie wollten ihn in flagranti stellen. Beim Versuch, den Wachtelkönig zu ermorden. Was jenes Maß an Heimtücke voraussetzte, das dem Wiesel zuzutrauen war.

Wenn Wonderwind aktiv würde, dann in Gestalt des falschen Buchautoren. Davon war Hamm fester denn je überzeugt, auch wenn es dafür noch immer keinen Beweis gab. Trotzdem. Hamm bildete sich ein, über einige Menschenkenntnis zu verfügen. Michel war mit seiner Biografie und in seiner Skrupellosigkeit genau der Typ für Drecksarbeit wie diese.

Und er war noch in der Gegend. Obwohl er in Lübeck wohnte, wie Hamm nach einigem Surfen im Internet herausgefunden hatte. Mitglieder der BI hatten ihn vom Hof der Rhönn-Graberts kommen sehen, wo er offenbar seine Zelte aufgeschlagen hatte. Das würde Sinn machen – Wonderwind war dort Mieter eines Büros.

Michel hatte auch im Dorf herumgeschnüffelt und versucht, die eine oder andere Information über die BI zu ergattern. Von Gillmann erfuhr Hamm, dass er auch die Volontärin des Boten befragt hatte. Besonders zu dem Punkt, ob sie den Wachtelkönig mit eigenen Ohren gehört habe. Sogar gesehen, hatte sie geantwortet. Michel sei über die Auskunft nicht gerade glücklich gewesen, hatte die Jungreporterin ihrem Chef berichtet.

Es musste etwas geschehen. Es würde etwas geschehen. Wonderwind war am Zug. Das hieß zunächst mal, den Vogel loszuwerden, der das Habitat der Windfirma bedrohte. Wonderwind konnte allerdings nicht wissen, dass der Krächzer bereits auf dem Rückflug in seine Heimat war.

Templin hatte es übernommen, den Wachtelmonarchen unversehrt dorthin zurückzubringen, wo er die Nachbarn aufs Blut nerven konnte. Keine Feder sollte ihm gekrümmt werden. Söderfleth, fand Hamm, verdankte Seiner Majestät sehr viel.

Der Nachthimmel war bedeckt. Totale Finsternis. Hamm trug eine kleine LED-Kopflampe, wagte aber nicht, sie einzuschalten. Stattdessen begann er, die Zähne des Alukamms, den er sich gekauft hatte, mit den Fingerkuppen zu bearbeiten. Wirklich, das Geräusch war dem des Wachtelkönigs nicht unähnlich.

Der Schlag gegen seinen Hinterkopf erfolgte nur wenige Minuten danach. Kein harter Schlag, aber einer, der anscheinend genau auf die richtige Stelle traf. Beziehungsweise auf die falsche, von Hamm aus betrachtet. Bevor er etwas sehen, hören oder rufen konnte, war er weggetreten.

Ganz weit weg. Er war noch niemals ohnmächtig gewesen und fand später, dass es eine faszinierende Erfahrung war. Später erinnerte er sich auch an traumartige Sequenzen. Eine riesige Katze kam darin vor und eine wunderschöne Frau. Beide kämpften mit Lanzen, wie der Erzengel Gabriel eine auf alten Gemälden trägt, gegen eine amorphe Gestalt, die aussah wie der Würger im Krimi „Der Zinker". Irgendwie jedenfalls.

Als er wieder zu sich kam, guckten sechs Augen von oben auf ihn herab, als läge er im offenen Sarg. Eine Hand legte sich auf seine Stirn. Clarissas Hand.

„Bernhard? Kannst du mich hören?"

Er ächzte theatralisch. „Es war Michel, der Misthund."

„Hast du ihn gesehen?"

„Nein. Ich weiß einfach, dass er es war. Muss übers Feld geschlichen sein."

„Hat er nach dem Vogel gesucht?"

„Keinen Schimmer. Der Kerl hat mich aus dem Hinterhalt ausgeknockt."

Er hätte noch ewig so liegen können. Ein verwundeter Krieger vor den Toren Trojas, umringt von besorgten Kombattanten. Es ist nur ein Kratzer, Freunde. Der Kampf geht weiter! Was ihn aber schließlich doch auf die Beine brachte, war ein ziehender Kopfschmerz. Er brauchte ein Aspirin. Noch besser, drei auf einmal.

Am nächsten Morgen war das Ziehen weg. An seine Stelle war ein gedämpftes Hämmern und Pochen getreten. Hamm versuchte, es zu ignorieren. Er saß mit Clarissa am Frühstückstisch, köpfte sein Ei und dachte laut.

„Was ist unser Vorteil? Unser Vorteil ist, die anderen wissen nicht, dass wir Bescheid wissen. Michel zum Beispiel ahnt nicht, dass wir ihn durchschaut haben. Er glaubt immer noch, wir kaufen ihm das mit dem Buchautoren ab."

„Gut, aber was bringt uns das?"

„Weil er ahnungslos ist, gibt er sich sicher keine Mühe, Dinge zu verstecken, die ihn verraten könnten."

„Was für Dinge?"

„Dokumente, Lagepläne, Korrespondenzen, was weiß ich. Ein fetter Scheck von Wonderwind, das wär's."

„Und den Kram bewahrt er zu Hause auf? Glaubst du doch nicht im Ernst."

„Nicht in seiner Lübecker Wohnung. Aber vielleicht hier."

„Und wie sollen wir da ran kommen?"

Über das Marmeladenglas hinweg warf er ihr einen langen Blick zu. Seine Mundwinkel zuckten, aber er sagte kein Wort. Clarissa dämmerte es.

„Nein! Sag nicht, du willst es noch einmal tun! Bernhard!"

Er griff nach ihrer Hand.

„Einmal noch. Es muss sein." Er entsann sich eines Lieblingsspruches. „Niemand kann seinem Schicksal entgehen, auch ein Tiger nicht. Pflegte Robert Mitchum zu sagen."

„Aber du bist nicht Robert Mitchum. Und schon gar kein Tiger."

„Glaubst du? Dann pass mal auf!"

„Ich kann, wenn ich will. Ich werde, wenn ich muss.“

(Alfred Gehlen, Kampfsporttrainer, aus der Datei „Starke Sprüche“)

22

JEDEN SONNTAG NACHMITTAG war das von Rhönnsche Atelier geöffnet. Jedenfalls der Teil, in dem die Poster auf Kunden warteten. Auch edel gerahmte Drucke konnte man kaufen, in allen Größen. Der Tag war gut gewählt. Am Wochenende zog es die Hamburger auf ihre Landhäuser. Sie hatten Geld, Platz an den Wänden und machten gerne mal einen Ausflug zu dem schönen Hof. Mit den Einheimischen dagegen lief das Geschäft eher schleppend.

Dass Michel nicht auf dem Hof war, wusste Peters durch einen Zufall. Als er am Sonnabend von einer Lehrertagung aus Schleswig-Holstein zurückkam, wartete er in Glückstadt am Anleger auf die Fähre, die von Wischhafen kam. Als sie sich leerte, sah er das Wiesel am Steuer eines Mercedes CLK Coupé mit HL-Kennzeichen. Peters notierte es. Man konnte nie wissen... Vermutlich fuhr Michel übers Wochenende nach Hause. Auch Schmutzschleudern brauchen mal Erholung, dachte Peters. Es muss ein schweres Los sein, sein Leben lang andere zu bescheißen.

Nachdem es Michel nicht gelungen war, den Wachtelkönig zu beseitigen, musste er sich etwas anderes einfallen lassen. Was wohl? Einen neuen Rufmordversuch vielleicht? Peters war sicher, dass Michel irgendeine neue Sauerei versuchen würde. Der Kerl musste endlich aus dem Verkehr gezogen werden. Und zwar für möglichst lange Zeit.

Ins Atelier ging Peters nicht. Clarissa, Templin und Hamm waren unauffälligere Besucher als der BI-Anführer, der als mutmaßlicher Neonazi durch die Lokalpresse gezogen worden war. Während die anderen in den großen Posterständern blätterten, nahm sich Hamm einen Prospekt aus dem Wandspender. Das Anwesen war darauf mit all seinen Nebengebäuden grafisch dargestellt.

Außer Abteilungen wie Atelier, Verkauf, Cafeteria, Seminarräume und Büros gab es im Anbau des Haupthauses auch eine Sektion mit Fremdenzimmern. Fünf davon waren im Prospekt eingezeichnet, jedes mit Blick auf eine wunderbare weite Marschenlandschaft. Kein Windrad weit und breit – noch nicht.

Er musste irgendwie in den hinteren Trakt des Hauses gelangen. Vom Gang zu den Toiletten, das erinnerte er vom letzten Besuch, zweigte ein Korridor ab. Wahrscheinlich führte er zu den Gästezimmern. Aber in welchem wohnte Michel? Hamm hatte keine Lust, auf gut Glück einzubrechen.

Er konnte niemanden fragen. Gab es später eine Untersuchung, würde man sich an ihn erinnern. Plötzlich kam ihm eine Idee. Er tippte aus dem Prospekt die Nummer des Ateliers in sein Handy. Eine Frauenstimme meldete sich.

„Wonderwind AG, guten Tag“, nuschelte er. „Herrn Michel in Zimmer drei, bitte.“

„Tut mir leid, momentan nicht im Hause“, sagte die Frau routiniert. Sie schien Anrufe von Wonderwind gewohnt zu sein.

„Ist sein Wagen noch da? In dem Fall würde ich später noch einmal anrufen.“

„Der Wagen ist seit gestern Abend weg. Seinen Schlüssel hat er mitgenommen. Zimmer zwei, übrigens."

Treffer! Hamm freute sich wie ein Kind, das beim Mensch-Ärgere-Dich-Nicht die richtige Punktzahl gewürfelt hatte. Er schlich den Gästezimmerflur entlang und prägte sich die Lage von Zimmer zwei ein. Er würde von hinten durchs Fenster eindringen. An der Rückfront konnte er ungestört hantieren.

Das Brummen einer Cessna kam näher. Die Mühle flog tiefer als erlaubt. Normalerweise ärgerte sich Hamm über die Freizeitpiloten, die oft einen langen Lärmteppich hinter sich her zogen. Aber diesmal kam ihm der Luftcowboy gerade recht. Als die Maschine den Hof überflog, schlug Hamm mit dem Hämmerchen zu, das er mitgebracht hatte. Das Klirren der Fensterscheibe ging im Getöse des betagten Triebwerks unter.

In den Schrank- und Schreibtischschubladen fand er nichts, was heiße Informationen versprach. Nicht die Spur eines Notizbuches, wie man es aus Politthrillern kannte. In dem Zahlungen an verbrecherische Elemente notiert waren, leicht zu dechiffrieren: „10.000.- von WW f. Sabot. der BüIn." – „5000.- f. Attent. auf Wacht.K". Wahrscheinlich führte kein Mensch auf der Welt, der einen Rest von Verstand besaß, solch ein Buch.

Ein paar Bewirtungsbelege von Kneipen aus der Umgebung belegten vor allem, dass Michel offenbar versucht hatte, Leute heftig unter Alkohol zu setzen. Wahrscheinlich, um sie auszuhorchen. Aber das war nicht strafbar, sondern normale Praxis im Wirtschaftsleben.

Den Rechner fand er in der obersten Schrankschublade, umwickelt vom Ladegerätkabel. Es war ein Macintosh-Powerbook, das neueste Modell. Hamm verstand nicht viel von Computern. Er wusste nur, dass der Inhalt ihrer Festplatten sehr oft sehr aufschlussreich war. Entweder war Michels

Rechner eine Ausnahme und enthielt nur Normales, Banales. Oder das Wiesel fühlte sich in seinem Bau so sicher, dass es den Rechner dort gelassen hatte, ungeachtet seines potentiell brisanten Inhaltes.

Er rief Clarissa an, die noch im Postershop war. Sie fuhr ihren Wagen dicht an den Gästetrakt heran. Er reichte ihr das Powerbook aus dem Fenster.

Zuerst waren Clarissa und er so etwas wie Geschäftspartner gewesen. Danach eine Art spätes Liebespaar. Und nun auch noch Komplizen. Bei einer Straftat! Was würde noch folgen?

„Frauen laufen weg, Frauen laufen zu. So ist das Leben.“

(Götz George in „Kein Himmel über Afrika“, aus der Datei „Starke Sprüche“)

23

DASS MAN EINEN FACHMANN BRAUCHEN WÜRDE, um dem Rechner seine Geheimnisse zu entreißen, war Hamm klar. Keiner von der BI kannte sich auf elektronischem Terrain gut aus. Auf der Fahrt ins Verlagshaus fiel ihm die Lösung ein.

Karwunkel war gerade dabei, ein Buch über Internet-Chaoten zu produzieren, sein neuestes Lieblingsprojekt. Das Kernstück bildeten die virtuellen Abenteuer einer Hackerbande. Die Jungs aus gutem Hause deckten Schwächen der Informationssysteme auf, indem sie in den Datennetzen wie Kobolde ihr Unwesen trieben. Mit geschickt platzierten Gerüchten hatten sie sogar schon für den kurzzeitigen Absturz von Aktienkursen gesorgt.

Die Gruppe war lose strukturiert. Ihre Mitglieder trafen sich fast ausschließlich im Netz. Hamm hatte bei der Arbeit am Buchprojekt einen gewissen Maik kennen gelernt, der so etwas war wie der Öffentlichkeitsarbeiter der Hacker. Er war Anfang zwanzig, sah aus wie ein Bübchen von 15 und platzte fast vor krimineller Energie. Wobei er selber die Aktivitäten seiner Gruppe keineswegs als kriminell empfand, sondern als fortschrittlich. Hamm hatte mit ihm darüber mal diskutiert und zugeben müssen, dass Maik in einigen Punkten nicht ganz falsch lag.

Wenn er denn Maik hieß. Immerhin kannte Hamm seine Handynummer. Ob Maik das Passwort eines Laptops herausfinden könnte? Kein Thema, meinte der Junge. Wenn man den Namen des Besitzers und vielleicht seinen Geburtstag wüsste, wäre es meistens ein Spaziergang.

„Oft gibt er seinen eigenen Namen ein, rückwärts gelesen. Wenn das als Passwort zu kurz ist, packt er Nullen ans Ende. Oder er gibt den Namen des Ehepartners ein. Den kriegt man mit ein paar Anrufen raus."

Ob sich gelöschte E-Mails rekonstruieren ließen? „Logisch. Liegen in der Backup-Datei. Die wenigsten wissen, dass selbst zweimal gelöschte E-Mails nicht wirklich gelöscht sind." Und was sich einer im Internet angeschaut hatte, war auch das zurückzuverfolgen? „Klar, wenn's nicht zu lange her ist." Hamm kündigte an, das Laptop vorbeizubringen. Er deutete an, die Sache sei nicht völlig legal.

„Legal, illegal, scheißegal", deklinierte der Hacker sein Credo. Hamm entsann sich, den Spruch vor vielen Jahren an besetzten Häusern gelesen zu haben. Viel verändert hatte sich bei der Jugend offenbar nicht.

Es war Montag. Michel musste den Einbruch inzwischen bemerkt haben. Würde er zur Polizei gehen? Sicher nicht. Die würde Fragen stellen, was er in der Gegend mache und für wen er arbeite. Würde er Wonderwind informieren? Noch unwahrscheinlicher. Die Firma würde ihn dann als Sicherheitsrisiko betrachten und von der Lohnliste streichen.

Michel würde sich etwas einfallen lassen müssen. Bevor er wieder zuschlagen konnte – Hamm fasste sich unwillkürlich an die noch leicht schmerzende Beule am Hinterkopf –, war das Problem zu lösen. Alles hing daran, ob etwas auf dem Rechner zu finden war, das Michel einer Straftat überführte.

Als er den Mac abends bei Maik abholte, traute sich Hamm nicht, sofort hineinzusehen. Sie würden die Wundertüte gemeinsam öffnen, Peters, Templin, Clarissa und er. Die anderen BI-Mitglieder erfuhren zu ihrem Schutz besser nicht, wie man an den Laptop gekommen war. Falls das Ganze ein Fall für die Polizei werden sollte.

Etwa zwanzig E-Mails standen im Posteingang. Rund fünfzig, die von Michel gelöscht worden waren, hatte Maik aus den Tiefen der Pixelsee gehoben. Außerdem hatte er die letzten Surfgänge durchs Internet, die mit dem Laptop unternommen wurden, nachverfolgt und gespeichert.

Sie saßen bei Peters in der alten Gaststube. „Zuerst die E-Mails", schlug Templin vor. Sie steckten die Köpfe zusammen und blickten auf den Schirm. Nach einer halben Stunde glaubten sie gefunden zu haben, was sie suchten. Es war eine Mail von Wonderwind, der ein Vertrag anhing. Ein Vertrag zwischen der Wonderwind AG und Herrn Wolf Michel, Lübeck. Unterzeichnet von Dr. Michael Leinemann, Vorstandsvorsitzender.

Der Vertrag bewies – gar nichts.

Es war eine Vereinbarung, nach der Michel für Wonderwind eine Dokumentation über den Kampf um die Windkraft erstellen sollte. Was genau sie behandeln, wann und wo sie erscheinen sollte, ja, ob sie überhaupt publiziert werden würde, blieb offen. Der Vorschuss auf das Honorar betrug allerdings stolze 20.000 Euro.

Nicht schlecht, fand Hamm. Jedenfalls im Vergleich zu Karwunkels mickerigen Honoraren. Aber nichts an dem Vertrag war ehrenrührig oder gar justitiabel. Welche Schweinereien Michel für den Windpark-Betreiber tatsächlich zu erledigen hatte, war sicherlich nur mündlich fixiert worden.

Fündig wurden sie da, wo sie es nicht vermutet hätten. Peters hatte nach langem fruchtlosem Gestöber eher zufällig eine Korrespondenz mit ebay angeklickt. Sie enthielt einen Kaufvertrag über ein Dutzend Hakenkreuzfahnen, SA-Armbinden und anderen rechtsradikalen Memorabilien. Verkäufer war ein Neonazi-Shop in Boulder im US-Bundesstaat Colorado.

Michel hatte mit seiner Kreditkarte gezahlt. Anders hätte er zumindest in den USA nicht einkaufen können. Die Karte hatte er auch im Online-Shop der dunkelbraunen „Kameradschaft Zwickau" benutzt, wo er Bücher aus dem „Dritten Reich", Nachdrucke der Wehrmachts-Frontillustrierten „Signal", Landserhefte und NPD-Propagandamaterial geordert hatte.

Es handelte sich exakt um das Zeug, das die Polizei in Peters' Tenne entdeckt hatte.

Die drei vor dem Computer sahen sich an. Dann klang ein Triumphgeheul durch die Gaststube, als habe der 1. FC St. Pauli die Bayern besiegt. Endlich! Jetzt saß das Wiesel in der Falle.

„Wenn man lange genug am Fluss sitzt, sieht man irgendwann die Leiche seines Feindes vorbeischwimmen."

(Sean Connery, eine fernöstliche Weisheit zitierend, in „Die Wiege der Sonne"; aus der Datei „Starke Sprüche")

24

HINTERHER WAREN NATÜRLICH ALLE KLÜGER. Die einen sagten, man hätte Michel noch länger beobachten müssen. Um ihm vielleicht noch die eine oder andere Sauerei mehr nachweisen zu können. Die anderen bedauerten, ihm nicht einfach mal im Dunklen begegnet zu sein. „Fresse polieren", wie es Schlachter Erwin in seiner manchmal etwas rauen, aber deutlichen Diktion formulierte. „Fresse polieren ist doch die einzige Sprache, die diese Typen reell verstehen."

Im Großen und Ganzen herrschte aber Konsens, dass es ganz egal war, was mit Michel passierte. Wie die Dinge lagen, war ja alles gut gelaufen – wozu also räsonieren?

Es war Peters, der das Wiesel auf dem Rhönnschen Hof angerufen hatte. Falls ihn der Einbruch und das Verschwinden seines Rechners in Panik versetzt hatten, so ließ er sich davon nichts anmerken. Dennoch schien ihn der Anruf zu irritieren.

„Woher wussten Sie, dass ich hier wohne?"

„Hat mir ein Vögelchen namens Crex crex gezwitschert. Wir sind hier eine kleine, intime Gemeinde. Jeder weiß alles von allen..." Peters bemühte sich, den letzten Satz zweideutig klingen zu lassen. „Weshalb ich Sie anrufe, ist Folgendes. Sie wollten mit uns sprechen, für Ihr Buch, sagten Sie neulich. Hätten Sie morgen Zeit, zum Beispiel am späten Nachmittag? Bei mir zu Hause?"

Michel sagte sofort zu. Er war ein zäher Bursche, soviel stand fest, und durch Niederlagen nicht schnell zu erschüttern. Wahrscheinlich arbeitete er im Spitzel-Akkord: Je mehr er erschnüffelte, desto mehr zahlte ihm Wonderwind. Sein Auftrag war noch nicht erfüllt. Die Windkraftfirma fürchtete offenbar noch immer, dass die BI ihre Geschäfte stören könnte.

Anderentags saßen sie zu viert an der langen Kneipenbank in der ehemaligen Gaststube, als Michel eintrat. Er grüßte, kam näher und bemerkte sofort die Dokumente, die auf der Bank ausgebreitet waren. Er lächelte. Der glaubt, dachte Hamm, dass wir Unterlagen vorbereitet haben, welche die Windenergie als Unfug entlarven, so was in der Art. Der wird sich wundern.

„Sie haben den Weg gut gefunden?", fragte Peters. Er machte eine theatralische Geste zum Kopf hin, wie der stets überchargierende Schauspieler Klaus Maria Brandauer. „Was rede ich! Natürlich haben Sie das! Sie kennen sich ja hier aus. Sogar bestens, nicht wahr?" Das Wörtchen „bestens" betonte er scharf.

Michels Lächeln fror ein.

„Ja...ich war tatsächlich schon mal hier."

„Mehrfach, Herr Michel, mehrfach. Ich nehme an, es ist so gelaufen: Nachdem Sie von Clarissa Holst erfahren hatten, wo ich wohne, haben Sie in aller Ruhe die Örtlichkeiten ausbaldowert. Dann haben sie gewartet, bis meine Frau und ich wegfuhren. Dann sind Sie mit einem Nachschlüssel in die Tenne. Das Schloss ist ja uralt. Was wir nicht wissen, ist, ob Sie Helfer hatten. Oder haben Sie den Nazischrott ganz alleine angeschleppt?"

„Was reden Sie...?“ Michel wollte sich aufpumpen, aber Peters schnitt ihm das Wort ab. „Leugnen ist zwecklos. Hier, die Unterlagen über die Bestellungen im Internet. Auf Ihren Namen, Ihre Kreditkartennummer. Also Schluss mit dem Theater. Jetzt wird Tacheles geredet.“

Michel überflog die Ausdrucke. Er verzog keine Miene. Blitzschnell schlug er einen Haken.

„Angenommen, das wären meine Unterlagen. Dann hätten Sie sie gestohlen. Sie würden damit zugeben, bei mir eingebrochen zu sein. Das ist strafbar.“

„Irrtum“, konterte Peters. „Wir haben diese Unterlagen... sagen wir, von einem anonymen Demokraten zugeschickt bekommen. Und wer weiß, was sonst noch alles. Ja, es gibt 'ne Menge Leute, die Sie nicht mögen. Aus guten Gründen. Aber das wissen Sie ja selber.“

Jetzt schaltete sich Hamm ein. „Weil Sie nämlich ein professioneller Lügner, Desinformant und Anschwärzer sind. Und immer waren. Herr Thobaben!“

Das war der Fangschuss. Michel fasste an die Stuhlkante, als würde ihm schwindelig. Hamm setzte nach. „Michel ist der Name ihrer Frau?“ Fast unmerkliches Kopfnicken. „Sie haben ihn angenommen, als sie aus dem Knast entlassen wurden?“ Kopfnicken. Peters holte eine Flasche Korn aus dem Kühlschrank. „Trinken Sie einen mit?“ Kräftigeres Kopfnikken.

Sie hatten ihn.

Oder doch nicht ganz? Obwohl ihn alle vier nach Kräften in die Mangel nahmen, gab er nur zu, was ohnehin nicht zu leugnen war. Die falsche Nazispur zu Peters – eingeräumt. Nichts, gar nichts dagegen wollte er zu tun gehabt haben mit dem Brand beim alten Vieljans. Nein, er, Michel, sei es auch nicht gewesen, der nächtens auf der Suche nach dem Wachtelkönig über die Felder gegeistert war und Hamm dabei kurzzeitig eingeschläfert hatte.

Dabei lächelte er allerdings schwach in Richtung Hamm. So, als wolle er sagen: War doch nur ein sanfter Klaps, Kumpel, hab' dich nicht so. Eigentlich, überlegte Hamm, glich Michel nicht so sehr einem Wiesel. Sondern eher einer dieser Echsen, die einen Teil ihres Schwanzes abwerfen, wenn ein Feind hinein beißt.

„Sie wissen genau, dass sich die gesamte deutsche Presse auf den Fall stürzen wird, wenn rauskommt, dass Sie, der einschlägig bekannte Thobaben, darin verwickelt sind", stellte Peters fest. „Man wird Ihre Wohnung in Lübeck belagern, Ihre Frau und Ihre Kinder fotografieren. Das ganze Programm, Sie kennen das."

Michel zuckte mit den Schultern. „Wird ausgehen wie das Horneburger Schießen." Das war ein lokaler Witz. Ein Ort in der Nähe hieß Horneburg. Michel hatte sich gut auf dem platten Lande eingelebt. Vielleicht blieb er deshalb so stur. Seine Dreistigkeit war nicht vorgetäuscht. Dieser ausgefuchste Täuscher und Trickser war nicht dauerhaft einzuschüchtern.

Eine halbe Flasche Korn später schlossen sie einen Deal. Michel würde Selbstanzeige bei der Polizei machen. Er würde einen privaten Rachefeldzug gegen Peters vortäuschen. Der wäre damit rehabilitiert. Im Gegenzug würde die BI die Presse aus dem Spiel lassen und auch der Polizei nichts über die Verbindung zwischen Michel und Wonderwind erzählen. Wonderwind würde froh sein, wenn ihr enttarnter Spion lautlos verdunstete. Die Firma würde sich hüten, neue Unruhestifter anzuheuern.

Den Rest würde, hoffentlich, seine Majestät Crex crex erledigen. Wie es um seine Sache stand, würde man morgen erfahren. Die Eingaben gegen den Bau des Windparks – des Bürgerwindparks – wegen des Auftauchens des bedrohten Vogels waren längst raus gegangen. Um sicher zu gehen, gleich dreimal; nämlich nach Brüssel, Berlin und in die Landeshauptstadt.

Sämtliche Niederen und Oberen Naturschutzbehörden in einem Radius von zweihundert Kilometern waren alarmiert, Presse und Funk mit Erklärungen bombardiert worden. Dafür hatte der Verein „Gefiederte Freunde“ in Zusammenarbeit mit dem Fledermauszähler gesorgt. In Ohlsens Gasthof wollten sie einen Zwischenbericht geben.

Abends saßen Clarissa, Hamm und Susi im Kaminzimmer und guckten fern. Im zweiten Staatsfernsehen lief eine neue Folge der Kultkrimiserie, in deren Mittelpunkt eine alternde, trinkfeste, lebensgehärtete Kommissarin stand. Plötzlich wusste Hamm, aus welcher Knetmasse Clarissa die Hobbydetektivin ihres Romans modelliert hatte.

Als die Polizistin dabei war, einen Mörder bis zu dem Punkt zu triezen, an dem er ihr den Garaus machen würde, klingelte das Telefon. Es war Gillmann. Er war mal wieder angesäuselt. „Überraschung“, schallte es aus dem Hörer. „Schalten Sie mal auf n-tv.“

„Was gibt's?“, fragte Hamm. Gillmann lachte dröhnend. „Unser Blatt wird wohl bald einen wichtigen Anzeigenkunden verlieren.“ Hamm griff zur Fernbedienung und schaltete trotz Clarissas heftigem Protest auf den Nachrichtensender um. Es lief ein Wirtschaftsmagazin.

Eine Reporterin stand vor einem Windpark und leierte Zahlen herunter: ...Verluste vor Zinsen, Steuern und Abschreibungen 188 Millionen Euro im vergangenen Jahr... prognostizierte Verluste für das laufende Jahr noch erheblich höher... Aktienwert innerhalb von fünf Jahren von 30 Euro auf 88 Cent gefallen... Kapitalerhöhung von den Aktionären abgelehnt... Insolvenz offenbar unvermeidlich...

Dann eine ältere Archivsequenz. Sie zeigte einen großen, schlanken Fünfziger, der vor einem Saalpublikum enthusiastisch wie ein TV-Evangelist die Chancen der Windindustrie beschwor. Die Einblendung am unteren Bildrand besagte: Dr. Michael Leinemann.

Hamm hatte verstanden. Die Wonderwind AG war pleite.

Er sah Clarissa an. Sie hatte im selben Augenblick begriffen, was los war. „Alles vergebens", sagte sie. Hamm guckte sie erstaunt an. Sie lächelte. „Die Sache mit dem Wachtelkönig, meine ich. Wir haben das arme Tier umsonst unter Stress gesetzt."

„Umsonst nicht gerade, aber vergebens. Wenn wir das nächste Mal nach Dänemark fahren, bringen wir ihm ein Geschenk mit."

„Was denn?"

„Wie wär's mit ein paar neuen Gespielinnen? Ein Dutzend Wachteln, oder so."

„Der Wachtelkönig ist doch gar keine Wachtel! Er heißt nur so. Eigentlich gehört er zur Familie der Rallen."

„Dann bringen wir ihm ein paar Rallen mit. Oder Rallinnen. Wie sehen die aus?"

„Wie der Wachtelkönig, denk' ich mal."

„Clarissa! Bitte! Wie soll das erst werden, wenn wir..."

„Wenn wir was?"

„Wenn wir öfter zusammen sind?"

„Wie oft?"

„Ziemlich oft. Ziemlich sehr oft"

„Hmmmmmmm..."

Auch den Rest des Abends hatte Kommissarin Knautschgesicht keine Chance mehr auf die Aufmerksamkeit von Clarissa und Hamm. Und Susi sah nur Katzenfernsehen. Das war das Muster des Teppichs unter ihrer Nase, das sich im Takt ihrer Atemzüge hob und senkte.

„Was immer auch geschieht,
nie dürft ihr so weit sinken,
von dem Kakao,
durch den man euch zieht,
auch noch zu trinken"

(Erich Kästner, aus der Datei „Starke Sprüche")

25

ES WAR EINE WILDE KURBELEI ZUM SET. Von Valle Gran Rey ging es in Korkenzieher-Kurven den Berg hinauf, durch finstere Tunnel und nebelumwaberte Lorbeerwälder. Während der noch kurvenreicheren Abfahrt zur Nordküste knackte es in Hamms Gehörgängen, als flöge er in einer dieser kleinen grünweißen Propellermaschinen ohne Kabinendruckausgleich, die den Inselverkehr auf den Kanaren abwikkeln.

Die Belohnung war das Tal von Vallehermoso. Grüne, Palmen bestandene Hänge, Terrassenkulturen und ein alles überragender Vulkanschlot, der wie eine Miniaturausgabe des Zuckerhuts von Rio wirkte. Überhaupt verströmte die feuchte Nordseite der Insel einen Hauch von Südamerika, speziell von Venezuela. Passend, fand Hamm. Er hatte auf dem Flug im Reiseführer gelesen, dass die Einwohner von La Gomera früher vorzugsweise nach Venezuela emigriert waren.

Das Filmteam hatte sein Hauptquartier im Castillo de Mar aufgeschlagen, eine Art Veranstaltungszentrum auf den Vulkanklippen mit spektakulärem Blick auf den Atlantik. Das

Meerkastell war vor über hundert Jahren als Verladerampe für Tomaten und Bananen gebaut und irgendwann aufgegeben worden. Ein deutscher Aussteiger hatte es gekauft. Jetzt fanden dort ab und zu Konzerte und Theateraufführungen statt. Ein finanzieller Erfolg war das in dieser entlegenen Inselecke versteckte Kulturzentrum nicht gerade. Der glücklose Aléman konnte den kurzen Geldregen gut gebrauchen, den ihm die Dreharbeiten bescherten.

Hamm und Clarissa traten in eine halbdunkle Halle ein. Eine Seite war zum Meer hin offen, gegen dessen Rauschen man kräftig anreden musste, wollte man verstanden werden. Was die kleine Frau mit der fettigen Pagenfrisur veranstaltete, war allerdings mehr als das. Es war der nackte Verbalterror. Über ein Megafon brüllte sie den beiden Schauspielern, die an der Balustrade zur Meerseite Auge in Auge standen, eine Mischung aus Beschwerden, Befehlen und Flüchen zu. Das Ganze auch noch auf Berlinerisch. Das reinste Fernsehprekariat, dachte Hamm erschrocken.

„Leute, mehr Äktschn, verdammt noch ma, det is keen Kaffeestündchen, hier wird final abjerechnet, wa!"

Hamm bekam Kopfschmerzen von dem Geblöke. Irene Hofmeister mochte eine perfektionssüchtige, hoch begabte Regisseurin sein, deren Krimis bis zu 10 Millionen Menschen einschalteten. Bei der Arbeit war sie unerträglich. Die Leute in ihrem Team freilich schienen sich an ihrem schrillen Organ und ihrem hyperaktiven Gerödel nicht zu stören. Vermutlich arbeiteten sie schon länger mit der Irren zusammen.

Die Regisseurin war über Clarissas Auftauchen alles andere als erbaut gewesen. Noch weniger darüber, dass Hamm sie begleitete. Obwohl eine Vereinbarung zwischen Buchverlag und Filmproduktion regelte, dass die Autorin und ihr Agent Zugang zu den Dreharbeiten bekommen würden, wenn auch ohne Recht auf Einflussnahme. Der Vertrag sah auch vor, dass Clarissa eine Statistenrolle spielen durfte.

Sie hätte sich noch mehr ausbedingen können, genau betrachtet. Der Stoff war heiß. Ihr Erstling hatte sich sechs Monate nach dem Erscheinen schon besser verkauft als die meisten anderen deutschen Krimis des vergangenen Jahres. Das Drehbuch, von Hamm buchgetreu verfertigt, war allerdings von der Produktionsfirma und dem Redakteur des finanzierenden Senders verworfen worden. Ein Profi, der von seiner Villa an der Cote d'Azur aus Drehbücher am Fließband umschrieb, hatte eine schlichtere Version des Stoffes hergestellt. Differenzierte Charaktere waren glatt gebügelt, komplexe Abläufe simplifiziert worden. „Fernsehen ist für Doofe", hatte er mal einem Reporter gesagt. „Wer das nicht kapiert, soll zum Theater gehen. Das guckt eh kein Schwein."

„Manche der Figuren kommen bei mir gar nicht vor", hatte sich Clarissa gewundert. „Zum Beispiel dieser türkische Gemüsehändler." Hamm klärte sie darüber auf, dass in zeitgenössischen Fernsehkrimis stets ein Migrant eingebaut wird, der bald in Mordverdacht gerät, sich dann aber als unschuldig erweist. Ein volkserzieherischer Kniff, dazu ausersehen, dass das deutsche Publikum sich schämen sollte, immer gleich ausländische Mitbürger zu verdächtigen, wenn es um Straftäter ging. Anstelle von türkischen Gemüsehändlern wurden manchmal auch vietnamesische Restaurantbesitzer oder polnische Erntehelfer eingesetzt.

„Ein Film ist ein Film ist ein Film. Im Übrigen gibt es in England einen hübschen Rat, wenn ein Autor wieder mal von der Verfilmung seines Werkes entsetzt ist."

„Ja?"

„Er lautet: Shut your mouth, take the money and run."

Clarissa lachte ihr leichtes Lachen, das Hamm so liebte. Sie war nicht so schnell zu kränken, nicht durch Kleinkram. Mochten sie mit ihrem Stoff tun und lassen, was sie wollten. Dass ihr Oberschurke im Buch eine vielschichtige Figur war, die im Fernsehfilm auf eine der üblichen Kapitalistenkarikaturen reduziert werden würde – geschenkt. Dass ihr heiter-fatalistisches Buchende für den Film mit einem peinlichen Sozialpathos glasiert wurde – nebbich.

Im Abspann würde stehen: „Nach Motiven des gleichnamigen Romans von Clarissa Holst." Nach Motiven. Damit war sie für den Fall, dass der Film völlig verkorkst sein würde, aus dem Schneider.

„Okay", sagte Clarissa. „Lass' uns die Kohle nehmen und verschwinden."

Abends waren sie zurück in Valle Gran Rey. Auf der Terrasse des Restaurants „Orquidea" auf dem Hügel La Calera bettelten Katzen, denen man zum Zeichen ihrer Sterilisation ein Ohr halb abgeschnitten hatte. Dadurch sahen sie zwar etwas behindert aus, waren aber als nicht reproduktiv gekennzeichnet. Was ihre Überlebenschancen in einer nicht immer katzenfreundlichen Umgebung beträchtlich erhöhte.

Das Essen enthielt den Jahresknoblauchbedarf eines transsilvanischen Vampirjägers. Aber der Wein war fruchtig, das Bier kalt. Von der Hangterrasse aus wirkte der Sonnenuntergang, für den das Tal des Großen Königs berühmt war, doppelt kitschig. Hamm fühlte, wie ihn eine Woge glückseligen Dusels ergriff. Er pflanzte sich vor Clarissa auf und deklamierte: „Willst du, Clarissa Holst, diesen Mann" – kurze Verbeugung – „ein Leben lang..."

Die anderen Gäste wurden aufmerksam. Köpfe drehten sich zu ihnen. Clarissa errötete. Schnell sagte sie: „...ein Leben lang herum kommandieren. Si, senor, claro que si. Ich will!"

WAS IN DER ZEIT DANACH GESCHAH

Was oder wer den Brand bei BAUER VIELJANS auslöste, wurde nie geklärt. Der streitbare Alte lebt noch, nicht immer zur Freude seiner Familie.

WOLF MICHEL musste von den sechzehn Monaten Haft, zu denen er wegen Hausfriedensbruch nach § 123 StGB, Vortäuschung einer Straftat nach § 145 d und Verbreitung von Propagandamitteln verfassungswidriger Organisationen nach § 86a verurteilt wurde, nur neun absitzen. Dann wurde er wegen guter Führung auf Bewährung entlassen. Er zog nach Köln, wo er für das Reportage-Magazin eines Privatsenders arbeitete, das für seine eigenwilligen Recherchemethoden bekannt ist. Ein sensationeller Michel-Beitrag über eine Geiselerschießung durch islamistische Terroristen brachte neidische Kollegen auf den Plan, die der Story nachgingen. Sie stellten fest, dass die angebliche Hinrichtung in einer Kiesgrube bei Brühl gedreht worden war. Michel argumentierte, ein echter Fall habe sich genau so abgespielt, es sei aber „einfach saugefährlich", im Nahen Osten zu drehen. Nachdem der Sender vom Presserat wegen des Falls öffentlich gerügt worden war, wurde Michel nicht mehr beschäftigt. Er fand auch keine neuen Auftraggeber mehr und hat vor kurzem Hartz IV beantragt.

DR. MICHAEL LEINEMANN überstand den Zusammenbruch der Wonderwind AG ohne größeren finanziellen Schaden. Sein privates Kapital steckte in einer Tochterfirma, die Erdgasröhren herstellt und von dem Konkurs nicht betroffen war. Eigentümer der Tochtergesellschaft ist Leinemanns Ehefrau. In einem Konkursverschleppungs-Prozess, bei dem ihm vorgeworfen wurde, durch Transaktionen mit Firmentöchtern die dramatische Lage des Unternehmens bis zuletzt verschleiert zu haben, wurde er mangels Beweisen freigesprochen. Leinemann hat jetzt einen hoch dotierten Beratervertrag für den Bereich „Nachhaltigkeitspolitik" mit dem Energieriesen PolyElek. Der Konzern handelt hauptsächlich mit importiertem Atomstrom aus Frankreich, Finnland und Tschechien, streicht in seiner Imagewerbung aber den Anteil aus Wind-, Wasser- und Solarenergie im Strommix (insgesamt 1,78 Prozent) prominent heraus.

HERIBERT HOLTKAMP verließ seinen Sender zwei Jahre vor seiner offiziellen Pensionierung, nachdem ein Mediendienst aufgedeckt hatte, dass er innerhalb von drei Jahren 14 Beiträge in sein TV-Magazin gehoben hatte, die Werbung für Firmen im Sektor der alternativen Energien enthielten. Er sitzt heute im Aufsichtsrat der Firma SolPow, die mit dem leicht abgewandelten alten Wonderwind-Claim wirbt („SolPow – denn die Sonne schickt keine Rechnung"). SolPow erzielt enorme Profite, da Solarenergie noch weitaus höher subventioniert wird als Windstrom.

HEIMO PETERS wurde von dem Verdacht rein gewaschen, Neonazi-Versammlungen unterstützt zu haben. Der Küstenbote berichtete darüber in einem Dreispalter auf Seite vier, rechts unten. Peters organisierte gemeinsam mit ALFRED TEMPLIN die „Bürgerbewegung Bad Söderfleth". Sie verfolgt das Ziel, Söderfleth den amtlichen Status „Kurbad" zu verleihen, zwecks Ankurbelung des Tourismus. Argumente sind unter anderem die reine Luft und die gute Wasserqualität des Flusses. Sowie das weite, unverbaute Landschaftsbild.

CLARISSA HOLST schrieb weitere Regionalkrimis für den Karwunkel-Verlag, allesamt Erfolge. Sie publiziert unter dem Namen Holst, heißt aber inzwischen offiziell CLARISSA HAMM und befindet sich zurzeit in der Babypause.

KLAUS KARWUNKEL wurde für seine Verdienste um den regionalen Kriminalroman mit der „Goldenen Wumme" geehrt, einem renommierten Preis der Vereinigung der Krimiautoren und Drehbuchschreiber.

BERNHARD HAMM bekam noch einige – teilweise eingeschriebene – Aufforderungen und Mahnungen der GEZ auf Auskunftserteilung, die er wie üblich ungelesen in den Papierkorb warf. Zwei Monate später erfolgte die so genannte Zwangsanmeldung. Die monatlichen TV-Gebühren und ein pauschales Bußgeld für die Zeit der vermuteten illegalen Fernsehnutzung von 1500 Euro wurden über die Einzugsermächtigung abgebucht, die er der GEZ vor vielen Jahren zwecks Abbuchung der Rundfunkgebühr erteilt hatte. Als Begründung schickte die GEZ ein gestochen scharfes Foto seines TV-Gerätes, auf dem das Logo des zweiten Staatsfernsehens zu sehen war, offenbar mit einem Teleobjektiv durch das Kaminzimmerfenster aufgenommen. Auf dem Digitalbild waren Datum und Uhrzeit eingeblendet. Es stammte aus dem Spätsommer, als Hamm wegen der Wärme gelegentlich Fenster und Vorhänge offen gelassen hatte.
Über seinen Anwalt versucht Hamm, die Zwangsanmeldung anzufechten. Rat sucht er auf der Website „gez-boykott.de", in deren Foren sich „Opfer der Zwangsgebühren-Schergen" (O-Ton) austauschen. An der hinteren Stoßstange seines Vel-Satis klebt inzwischen der Sticker: AbGEZockt! Für den Fall, dass er am Ende doch zahlen muss, will er sich mit der Sentenz trösten: „Was du nicht verhindeln kannst, kannst du ebensogut beglüßen" (chinesische Weisheit, aus der Datei „Starke Sprüche").

Weitere Krimis aus dem MCE-Verlag

Thomas B. Morgenstern

Der Milchkontrolleur

Am Anfang geschieht der Mord: Else Weber, eine Frau mit zweifelhaftem Ruf, wird mit durchschnittener Kehle gefunden. Die Ruhe in dem Dorf zwischen Elbmarsch und Moor ist dahin. Milchkontrolleur Hans-Georg Allmers hilft bei den Ermittlungen und gerät selbst in Verdacht.

Paperback, 222 S., ISBN: 978-3-938097-03-8

Thorsten Beck

Tim Börne Trilogie

Der Anwalt Tim Börne, allein erziehender Vater mit Kanzlei in Harburg, wird in spannende Kriminalgeschichten verstrickt. In der Trilogie Harburg Blues, Ausgestempelt und Der chinesische Pfeil gehr es um korrupte Baufirmen, Mord in einem Fahrzeugwerk und um die chinesische Mafia.

Paperback, 255 S. ISBN: 978-3-938097-07-6

Anke Cibach

La Paloma für den Mörder

Der undurchsichtige Tod mehrerer Hamburger Hafenlotsen stellt Kriminalkommissar Bruno Bär vor ein Rätsel. Gibt es einen psychopathischen Serienmörder oder Verbindungen zwischen den getöteten Lotsen? Eine Antwort findet der Ermittler nach einer spektakulären Aktion in einem Kellergewölbe in der Speicherstadt.

Paperback, 222 S., ISBN: 978-3-938097-05-2